Impitoyables sentiments

W0466821

LOUISE FULLER

Impitoyables sentiments

Traduction française de
CHRISTINE MOTTI

AZUR

HARLEQUIN

Collection : Azur

Titre original :
RETURNING FOR HIS RUTHLESS REVENGE

© 2023, Louise Fuller.
© 2024, HarperCollins France pour la traduction française.

Ce livre est publié avec l'autorisation de HARLEQUIN BOOKS S.A.

Tous droits réservés, y compris le droit de reproduction de tout ou partie de l'ouvrage, sous quelque forme que ce soit.
Toute représentation ou reproduction, par quelque procédé que ce soit, constituerait une contrefaçon sanctionnée par les articles 425 et suivants du Code pénal.

Si vous achetez ce livre privé de tout ou partie de sa couverture, nous vous signalons qu'il est en vente irrégulière. Il est considéré comme « invendu » et l'éditeur comme l'auteur n'ont reçu aucun paiement pour ce livre « détérioré ».

Cette œuvre est une œuvre de fiction. Les noms propres, les personnages, les lieux, les intrigues sont soit le fruit de l'imagination de l'auteur, soit utilisés dans le cadre d'une œuvre de fiction. Toute ressemblance avec des personnes réelles, vivantes ou décédées, des entreprises, des événements ou des lieux serait une pure coïncidence.

HARPERCOLLINS FRANCE
83-85, boulevard Vincent-Auriol, 75646 PARIS CEDEX 13
Service Clients — www.harlequin.fr
ISBN 978-2-2804-9899-9 — ISSN 0993-4448

Édité par HarperCollins France.
Composition et mise en pages Nord Compo.
Imprimé en février 2024 par CPI Black Print (Barcelone)
en utilisant 100% d'électricité renouvelable.
Dépôt légal : mars 2024.

FSC
www.fsc.org
MIXTE
Papier issu de sources responsables
FSC® C159065

Pour limiter l'empreinte environnementale de ses livres, HarperCollins France s'engage à n'utiliser que du papier fabriqué à partir de bois provenant de forêts gérées durablement et de manière responsable.

1

— Bonjour, mademoiselle Cavendish. J'espère que vous avez passé de bonnes vacances.

Sans ralentir le pas, Dove Cavendish se tourna vers la jeune assistante juridique qui venait d'apparaître dans le hall du cabinet d'avocats Cavendish et Cox, interrompant le cours de ses pensées.

— Absolument, merci, Mollie, déclara-t-elle avec un sourire qui se voulait naturel.

— En tout cas, vous avez choisi la semaine idéale pour partir ! Il y a encore eu une grève de métro mercredi, et nous sommes presque tous arrivés en milieu de matinée dans les bureaux.

Mollie hésita un instant avant d'ajouter :

— Ah, et autre nouvelle : nous avons un nouveau client. Vous en avez sans doute entendu parler ? Il s'agit de...

Avant que Mollie ne prononce le nom du client en question, Dove lança :

— En effet.

Incapable d'en dire davantage, elle accompagna ces mots d'un hochement de tête accentué et serra les lèvres tandis qu'un frisson la parcourait. Elle savait toutefois que son expression ne trahirait rien de ce qu'elle ressentait. Ayant fait office d'« enfant-pansement » au sein du mariage raté de ses parents, elle avait appris très tôt à cacher ses propres sentiments, ainsi qu'à tenter de désamorcer les conflits. C'était d'ailleurs l'une des raisons pour lesquelles elle était si douée en qualité d'avocate d'entreprise. Aujourd'hui encore, alors que son univers soigneusement reconstruit avait été pour le moins ébranlé quelques heures à peine auparavant, nul ne serait capable de deviner ce qu'elle pensait ou éprouvait. Ce qui la hantait depuis que son supérieur et associé, Alistair Cox, l'avait appelée chez elle la nuit précédente.

Elle venait tout juste de rentrer d'une semaine de repos bien mérité et était en train de vider ses bagages quand son téléphone portable avait sonné. La conversation avait été brève et, à vrai dire, elle n'avait pas prêté attention à tous les propos d'Alistair. Mais sitôt leur échange terminé elle n'avait plus eu la force de continuer à ranger ses affaires.

Et ce matin-là sa valise se trouvait toujours par terre, ouverte. À croire que, tout comme elle, elle était encore sous le choc de la révélation explosive.

Gabriel Silva s'était adressé à Cavendish et Cox pour gérer sa prochaine acquisition.

Toujours accompagnée de Mollie, elle s'arrêta devant l'ascenseur.

Gabriel Silva.

Le nom résonnait dans sa tête au rythme accéléré des battements de son cœur, tandis qu'elle regardait s'allumer sur le panneau les chiffres des étages. À l'âge de trente ans, celui-ci était devenu une légende dans le monde des affaires, un super prédateur dans un océan rempli de chasseurs… de tueurs. Impitoyable, implacable, infatigable, il poursuivait sa proie sans le moindre remords. C'était ainsi que, partant de zéro, il avait bâti l'une des entreprises les plus prospères au monde.

Mais ce n'était pas sa réputation d'homme d'affaires

inébranlable qui provoquait en elle cette vague de panique. Six ans auparavant, Gabriel Silva avait soudain mis un terme à leur relation, lui brisant le cœur. La brisant tout entière en mille morceaux.

Et il ne s'était pas contenté de rompre avec elle, il s'était comporté de façon abjecte. Son père, Oscar Cavendish, lui avait proposé de l'argent pour qu'il disparaisse de sa vie, et il avait accepté cette offre, empochant une somme confortable avant de la quitter sans la moindre explication, la moindre excuse.

Et voilà qu'il réapparaissait.

Les gens qui affirmaient que le temps était le meilleur remède à tous les maux se méprenaient, songea-t-elle, la gorge serrée. La veille au soir, le simple fait d'entendre Alistair prononcer son nom au téléphone lui avait fait l'effet d'un coup de couteau en plein cœur. La douleur provoquée par cette rupture brutale était aussi intense, aussi insupportable, que s'il la lui avait infligée quelques heures à peine plus tôt.

— C'est génial, non ? reprit Mollie, ses yeux bruns luisant d'admiration. Ce matin j'ai fait des recherches sur Google, et je dois dire qu'il est impressionnant.

« Impressionnant », surtout en termes de fourberie, songea-t-elle. Tout chez lui – ses mots, ses gestes, son attitude – n'avait été que supercherie. Il avait réussi à se mettre en scène afin qu'elle morde à l'hameçon et avait atteint son but sans aucun mal.

Et comme toutes celles qui avaient cédé au charme de ces yeux d'un bleu profond et à ce sourire qui réduisait le cerveau en miettes elle en avait payé le prix. Ou, plutôt, son père s'en était chargé – et c'était bien cela qui l'avait le plus blessée. Non content de ne l'avoir jamais aimée, Gabriel avait réussi à tirer profit de la situation !

Il n'y avait qu'un seul point positif dans cet épouvantable gâchis. Seul son père avait eu connaissance de sa relation avec cet homme dénué de tout scrupule. Et Oscar était décédé un mois à peine après le départ de Gabriel. Non pas à cause d'un cœur brisé, mais d'un cœur malade.

Cette humiliation, elle avait donc été seule à la subir. Elle avait résisté au désir de se confier à sa mère, sachant qu'Olivia serait dévastée. Dove connaissait tous les détails du mariage de ses parents. Officiellement, cela avait été l'histoire d'amour du siècle : la belle et riche héritière américaine Olivia Morgan épousant le bel Anglais de la haute bourgeoisie, Oscar Cavendish.

Quelques semaines à peine après avoir échangé les vœux, le couple commençait cependant à s'enliser. Les factures liées aux goûts de luxe d'Oscar – parmi lesquelles figurait celle de la bague de mariage, tout comme celle de la lune de miel – étaient arrivées. Et Oscar n'avait pas les moyens de les régler : son héritage avait disparu, et il n'envisageait pas de se rabaisser à faire quelque chose d'aussi médiocre que travailler.

C'était ainsi qu'avait débuté cette union parentale, à la fois très longue et décevante à bien des égards. Dove se rappelait avoir toujours entendu sa mère mettre en garde ses filles – surtout la plus jeune – contre une erreur pareille. À moins qu'elle n'ait eu cette impression parce que, étant la dernière, elle avait vu Olivia déverser sur elle toutes ses appréhensions. Quoi qu'il en soit, vu les sentiments de sa mère à l'égard des hommes démunis d'argent mais pas d'arrière-pensées, elle avait dès le début choisi de lui cacher la vérité.

S'efforçant de détourner son esprit de ce tunnel sans fin, elle s'adossa à la paroi de l'ascenseur qui commençait à monter par petites saccades. Les locaux de Cavendish et Cox, situés dans le quartier de Lincoln's Inn Fields, avaient besoin d'être rénovés. Mais les clients qui fréquentaient le cabinet ne recherchaient pas un intérieur rutilant. Ils venaient là pour avoir affaire à un avocat en qui ils pouvaient avoir une confiance absolue. Ils venaient là essentiellement pour Alistair Cox. C'était en tout cas ce qui se produisait en règle générale. Mais était-ce le cas de Gabriel Silva ? Rien n'était moins sûr.

Sentant le regard de l'assistante juridique peser sur elle, elle eut un léger haussement d'épaules.

— En effet, impressionnant, Mollie. Mais je ne m'emballe pas. Nous aurons sans aucun doute affaire aux personnes qui travaillent pour M. Silva, pas à lui-même.

Elle en était sûre et certaine. Bien entendu, Gabriel examinerait les données au fur et à mesure qu'elles lui seraient fournies et ce serait sa signature qui figurerait au bas des documents, mais il ne participerait pas à tous les rendez-vous.

— C'est quand même lui qui prendra la décision finale, insista Mollie avec un sourire timide. Nous devons donc lui prouver que nous sommes les meilleurs. Sinon, pourquoi nous choisirait-il ?

Dove avala sa salive. Combien de fois s'était-elle posé la question depuis l'appel d'Alistair la veille au soir ?

Cavendish et Cox étaient-ils les meilleurs ? Historiquement parlant, oui, mais si leur nom restait une référence ils avaient aujourd'hui des rivaux de taille. Ils représentaient une petite entreprise familiale. Trop petite et traditionnelle pour correspondre au premier choix d'un groupe de l'envergure de Silva.

Elle sentit son estomac se crisper tandis que sa mémoire remontait le temps. Le corps musclé de Gabriel s'allongeait sur le sien, sa peau hâlée et brûlante se pressait contre la sienne, ivres de désir ils se caressaient, se donnaient l'un à l'autre...

L'ascenseur s'arrêta alors, mettant un terme au cours débridé de ses pensées, et elle s'en sentit infiniment soulagée.

— C'est une question à laquelle nous ne pouvons répondre ni vous ni moi, Mollie, déclara-t-elle avec un haussement d'épaules. Bonne journée.

— Ah, vous voilà ! Ne vous inquiétez pas, il vient tout juste d'arriver.

Elle cligna des paupières. Alistair se tenait légèrement à gauche de l'ascenseur, les lunettes qu'il portait pour lire négligemment posées sur ses cheveux autrefois blonds, aujourd'hui gris. Il tenait dans sa main droite quelques dossiers.

— *Qui* vient d'arriver ? demanda Dove.

Son chef et associé haussa un sourcil.

— Gabriel Silva, voyons.

— Oh… parfait ! s'exclama-t-elle, se surprenant elle-même de parvenir si bien à cacher la profonde sensation de malaise qui s'insinuait en elle.

Alistair lui sourit.

— Annabel se charge de tout préparer. Moi je vais descendre pour le recevoir.

Elle hocha la tête en souriant. À cet instant précis, elle avait l'impression d'être une sorte de robot qui, machinalement, jouait son rôle d'avocate. Il lui semblait même se regarder réagir. Ou plus exactement ne pas réagir.

— Donc, retrouvons-nous dans la *war room*.

La dénommée « salle de guerre » était en fait la salle de réunion – nom qui ne lui avait jamais paru aussi bien adapté à la situation.

Sentant le sang se glacer dans ses veines, elle articula :

— Retrouvons… nous ?

Comme il hochait la tête, elle insista :

— Pourquoi devrais-je être là ?

— Parce que c'est le souhait de M. Silva. Je vous l'ai dit hier soir, Dove. Vous ne vous en souvenez pas ? Il a apparemment connu votre père il y a quelques années et n'a pas oublié cette seule et unique rencontre. Il semblerait qu'ils aient eu ensemble une conversation très intéressante au sujet des options qui s'offraient à lui pour son avenir.

Il posa ses yeux gris et doux sur le visage de la jeune femme avant de poursuivre :

— Je ne sais pas au juste ce qu'Oscar a dit à notre M. Silva, mais ça l'a de toute évidence beaucoup impressionné. Il m'a même précisé que cet entretien avait changé le cours de sa vie.

Dove ne souffla mot. Son cœur battait si fort qu'elle crut l'entendre résonner dans la pièce. Cette fameuse conversation entre les deux hommes avait changé sa vie à elle aussi – plus précisément, l'avait détruite. Et voilà que Gabriel réapparaissait, risquant de la briser de nouveau.

Dis-le-lui. Dis à Alistair que tu ne peux pas rester dans la même pièce que cet individu. Il te considère un peu comme sa fille. Il ne t'obligera pas à le faire.

Mais il était trop tard, Alistair avait disparu. Les yeux rivés sur les portes de l'ascenseur, elle fut soudain prise de nausée. C'était impossible, elle ne pouvait pas affronter ce genre de situation. Pourtant, Gabriel Silva se trouvait bel et bien dans le bâtiment, et d'un moment à l'autre il franchirait ces portes.

Le souffle court, elle se tourna vers le bout du couloir, où apparaissaient les premières marches de l'escalier, et fut tentée de s'enfuir, de disparaître, comme il l'avait fait lui-même quelques années plus tôt. Mais quelque chose en elle l'empêchait d'agir ainsi, car ce ne serait pas disparaître, mais plutôt se cacher. Or pourquoi devrait-elle se cacher ? Elle n'avait rien fait de mal, elle. Qui plus est, si elle ne se présentait pas à cette réunion, cela laisserait à penser qu'elle accordait toujours de l'importance à Gabriel Silva, et envisager une chose pareille lui était tout simplement insupportable.

D'autre part, elle ne voulait pas non plus laisser Alistair seul face à cette situation. Imaginer son air dérouté lorsqu'il constaterait son absence la mettait mal à l'aise. Redressant soudain les épaules et le menton, elle inspira profondément. Tout se passerait bien, il n'y avait pas lieu de s'inquiéter.

Si Gabriel avait souhaité la rencontrer en tête à tête, il se serait arrangé d'une façon ou d'une autre pour y parvenir. Il était peut-être simplement curieux de revoir celle qu'il avait abandonnée, mais cela ne signifiait pas pour autant qu'il désirait un semblant de réconciliation. Ils allaient se retrouver pour une réunion d'affaires dans la *war room,* voilà tout, et elle devait s'y préparer.

Quelques minutes plus tard, les joues rosies et les cheveux noués en une queue-de-cheval basse, elle passait la porte de la dénommée salle de guerre.

— Ah, la voici ! s'exclama Alistair avec un sourire chaleureux.

Les traits de ce visage familier lui apportèrent aussitôt une sensation de réconfort et elle garda les yeux rivés sur son supérieur et associé, comme si cela avait pu l'aider à ignorer l'homme qui se tenait à sa droite. Pourtant, même à ce moment précis, alors qu'elle le détestait plus que tout au monde, elle ne parvint pas à résister à l'attrait du passé et posa son regard sur le visiteur impromptu.

Elle eut l'impression que tous les muscles de son corps se figeaient soudain. Et, de façon tout aussi brusque, la douleur rejaillit en elle. Cette douleur qu'elle s'était efforcée pendant des années de tenir à distance surgissait de nouveau, la submergeant. Ces barrières qu'elle avait construites autour d'elle pour se protéger volaient tout à coup en éclats. Une envie subite de faire demi-tour et repartir au pas de course s'empara d'elle. Une envie de courir sans s'arrêter, jusqu'à ce qu'elle trouve un endroit où se cacher.

Six années s'étaient écoulées depuis la rupture pour le moins brutale qu'il lui avait imposée, et se retrouver face à lui représentait pour elle un choc violent. Au cours de ces six ans, elle s'était prise à espérer que le temps se chargerait de ne pas le ménager, de lui infliger le châtiment qu'il méritait. Mais en fait il n'avait pas changé. L'homme qui se tenait en face d'elle était toujours d'une beauté époustouflante : les mêmes traits fermes et virils, la même épaisse chevelure noire, la même bouche sensuelle, et ce même regard d'un bleu profond qui la privait de tous ses moyens.

Qui l'*avait privée* de ses moyens, rectifia-t-elle en son for intérieur, car il était hors de question qu'elle se laisse prendre une fois de plus à ce jeu. Même si la simple vue de ce corps suffisait à provoquer en elle un étrange émoi. C'était la première fois qu'elle voyait Gabriel en costume et elle était bien obligée d'admettre que cela mettait plus en valeur encore sa superbe silhouette masculine.

Comme s'il en avait besoin ! songea-t-elle, sentant sa gorge se nouer au souvenir des étreintes folles qu'ils avaient partagées. Pourquoi fallait-il que ces images, ces sensations, affluent en elle ? Tout aurait dû disparaître lorsqu'il avait fait de leur relation une banale transaction financière !

Un mélange de désespoir et de frustration monta alors en elle. Elle ne devait pas réagir ainsi. Gabriel Silva était un opportuniste dénué de toute forme de sentiment, et elle n'avait accepté de le rencontrer que pour faire plaisir à celui qui se tenait à côté de lui, Alistair.

La main tendue, Gabriel fit un pas vers elle. En pareilles circonstances, comment l'ignorer ?

— Mademoiselle Cavendish.

Il souriait et elle en eut le souffle coupé. Celui dont elle était tombée amoureuse souriait très rarement. Elle se rappelait que c'était arrivé face aux « arcs-en-ciel de feu » qu'ils avaient vus ensemble au-dessus du Dorset, lors de l'un de leurs week-ends secrets en amoureux. À la différence près que le sourire qu'il affichait maintenant n'avait rien de comparable. Il s'agissait de quelque chose de calculé, destiné uniquement à amadouer Alistair.

Les jours où elle s'était sentie assaillie par la tristesse, elle avait imaginé que le destin le remettrait sur sa route et qu'elle ne manquerait pas de lui lancer au visage tout le mal qu'elle pensait de lui. Mais la situation actuelle ne se prêtait pas à ce genre de règlement de compte.

Ce fut donc aussi calmement que possible qu'elle prit la main qu'il lui tendait et dit :

— Monsieur Silva.

Elle n'avait d'autre intention que de serrer aussi brièvement que possible cette main masculine, se limitant ainsi à un salut courtois. Elle n'avait pas prévu que son corps tout entier serait gagné par une brusque bouffée de chaleur, réagissant de façon excessive à ce simple contact. Ni que ce regard soutenu, d'un bleu toujours aussi vif, la déstabiliserait à ce point. Elle éprouva donc un profond soulagement lorsqu'il lui lâcha enfin la main.

— Ainsi, voici l'entreprise familiale ? fit-il en regardant autour de lui. Bien que, si j'ai bien compris Alistair, votre père n'ait jamais travaillé ici.

— En effet, répliqua-t-elle avec un détachement feint.

Il fallait qu'elle continue à jouer ce rôle, qu'elle ne dévie pas de cette voie. Qu'elle refoule le trouble que suscitait en elle cette présence pour le moins inattendue.

— Il pensait n'avoir aucun talent pour les affaires, ajouta-t-elle, sans se départir de cette prétendue indifférence.

En réalité, Oscar Cavendish était bien assez intelligent et doué pour atteindre sans peine les sommets de la profession qu'il aurait choisie. Mais doté d'une nature paresseuse et complaisante il avait décidé, contrairement à Alistair, de ne pas exercer dans le cabinet créé par leurs arrière-arrière-arrière-grands-pères respectifs. De ne pas travailler du tout, en fait, préférant vivre des dividendes que lui versait l'entreprise et de la rente provenant de sa femme.

— Pourtant, il a joué un rôle décisif dans le démarrage de ma carrière, répliqua Gabriel.

Dove sentit les battements de son cœur s'accélérer.

— Sans sa contribution, je n'aurais jamais pu me lancer comme je l'ai fait.

Contribution.

Le mot choisi pour décrire la situation était opaque, imprécis. Trompeur, même. La plupart des gens – Alistair et elle-même, par exemple – auraient plutôt opté pour le terme « pot-de-vin ». Pas Oscar. Il aurait sans doute choisi quelque chose de plus modéré, comme « incitation ». Quoi qu'il en soit, la conduite de Gabriel était inqualifiable : il avait accepté cet argent. Accepté d'être payé pour lui briser le cœur.

Es-tu fier de toi ? De la façon dont tu t'es comporté ?

Une partie d'elle-même aurait voulu le gifler, laisser libre cours à sa colère. Mais cela ne ferait que la replonger dans le passé et elle s'y refusait. À quoi bon s'acharner sur une plaie qui avait déjà tant de mal à cicatriser ? Elle souhaitait simplement en finir au plus vite avec cet entretien, puis s'éloigner, tourner la page une bonne fois pour toutes.

Elle détestait la façon dont il la fixait, qui lui donnait l'impression d'être un lapin pris dans les phares d'une voiture arrivant en sens contraire. Cette fois cependant, elle ne se laisserait pas écraser !

Redressant un peu plus encore les épaules, elle déclara :

— Maintenant, je vais vous laisser travailler, messieurs.

— Bien sûr, bien sûr..., fit Alistair, qui n'avait rien saisi du courant électrique qui s'était installé dans la salle. Nous sommes réunis ici dans ce but.

Pas moi, songea Gabriel, les yeux rivés sur le profil féminin. Un seul motif l'avait guidé jusque-là : le désir de vengeance. C'était pour cette raison qu'il avait décidé de faire l'acquisition de Fairlight Holdings.

Dans ce scénario, la femme qui se tenait devant lui avait

un rôle – et pas des moindres – à jouer. Elle ne le savait pas encore, mais cela n'avait aucune importance. La vengeance n'était-elle pas un plat qui se mangeait froid ? Donc, pourquoi ne pas laisser traîner un peu plus encore le déroulement des faits ? Quelques minutes de plus ou de moins ne changeraient rien et cela lui permettrait de jouir de chacun de ces instants. C'était là tout ce que méritait Dove Cavendish après l'avoir traité comme elle l'avait fait.

Se raidissant sur son siège, il se rappela soudain l'expression du beau visage d'Oscar, lorsqu'il lui avait dit être désolé de devoir lui annoncer que sa fille avait changé d'avis.

Dove était toujours magnifique. Peut-être même davantage. Elle avait des allures de déesse, avec ses longs cheveux d'un blond pâle et ses grands yeux gris argenté. Des yeux qui, se souvenait-il, luisaient de mille feux lorsqu'elle lui avait déclaré son amour.

Et il l'avait crue.

Plus tard, il s'était interrogé sur ses facultés mentales. Fallait-il qu'il ait été bête, ou fou, pour ne pas se méfier de la jeune femme ! Fou d'amour pour elle, oui, aucun doute là-dessus. Ce n'est que quand Oscar Cavendish était venu le trouver pour lui faire part de sa proposition qu'il avait saisi l'ampleur de sa naïveté, voire de sa stupidité. Qu'il avait compris qu'elle ne cherchait qu'une aventure d'été, rien de plus. Le rôle d'ingénue, c'était elle à présent qui allait devoir le jouer.

Ravalant le goût amer qui lui était venu à la bouche, Gabriel se tourna vers Alistair.

— J'ai hâte que votre cabinet m'aide à atteindre mon objectif, dit-il avec un grand sourire qui reflétait une confiance absolue.

— Dans ce cas, je suggère que nous commencions sans tarder ! s'exclama Alistair.

Dove se tournait vers la porte, prête à partir, quand Gabriel reprit la parole.

— Oh ! Mlle Cavendish ne va pas déjà nous quitter ? Nous formons une bonne équipe, me semble-t-il, autant travailler tous les trois ensemble.

Il vit un éclair traverser les prunelles argentées. Cette même lueur qui y luisait lorsqu'ils venaient de faire l'amour. Il se demanda alors si ses yeux scintillaient toujours autant dans les bras d'un homme, et surtout… qui était son amant. Comme ces questions pour le moins surprenantes lui traversaient l'esprit, il prit place sur le siège que lui désignait Alistair et croisa les bras sur la table avec cette assurance qui avait toujours été la sienne et qui n'avait fait que s'affirmer depuis qu'il occupait une place importante dans le monde des affaires. Cette fois cependant, il cherchait seulement à se donner une contenance pour cacher la colère qui le gagnait en l'imaginant avec un autre homme.

Autrefois, il s'était laissé aller à croire qu'ils étaient amis, amants. Des âmes sœurs, même. Mais ce temps-là était révolu. Il n'avait aucun besoin d'avoir Dove Cavendish pour amie. D'ailleurs, les ennemis pouvaient s'avérer tout aussi utiles que les amis, s'ils étaient motivés. Et il savait sur quels boutons appuyer pour s'assurer le soutien de Dove.

— L'intérêt que je porte à Fairlight Holdings sera bientôt rendu public, ajouta-t-il d'un ton posé.

Alistair haussa un sourcil, attendant la suite.

— J'ai connu le vieil Angus Balfour. Il a fait de bons investissements au moment de la reprise de l'immobilier, au milieu des années 1990. Mais à mon avis la boîte a commis une erreur en ne parvenant pas à s'étendre au-delà du marché résidentiel.

Gabriel soutint le regard de l'homme plus âgé. Un regard gris lui aussi, comme celui de la jeune femme, mais différent. Derrière une apparente douceur se devinait un caractère ferme, un cerveau de toute première catégorie. Alistair n'était pas un ignorant qui se divertissait dans l'entreprise familiale.

Comment diable son cabinet avait-il pu connaître autant de difficultés financières ?

Non que cela revête pour lui de l'importance. À vrai dire, rien ne comptait plus à ses yeux que de se venger des deux femmes qui avaient bouleversé sa vie. Sa mère, Fenella Ogilvy, et la jeune personne qui se tenait en face de lui, faisant mine de ne pas être là. Ou, plus exactement, faisant mine de l'ignorer, lui. Mais cette fois il ne partirait pas. Cette fois, c'était lui qui détenait le pouvoir – et surtout l'argent.

Alistair Cox lui adressa un sourire empreint d'amabilité.

— Voilà pourquoi je conseillerais de choisir une entreprise dotée d'un portefeuille plus large. J'en connais une qui pourrait vous intéresser...

— Une autre fois peut-être, déclara Gabriel d'un ton neutre.

Alistair enleva ses lunettes et sortit de la poche de sa veste un mouchoir avec lequel il les essuya.

— Puis-je me permettre de vous demander pourquoi Fairlight vous intéresse autant ?

Gabriel posa sur Alistair un regard impassible. Pourtant, la colère qu'il avait si longtemps contenue se répandait en lui. L'intérêt qu'il portait à cette affaire n'avait rien de professionnel. Cinq ans plus tôt, il avait commencé à bâtir son empire en participant à la création de l'application Trill, sur les réseaux sociaux. Puis cet investissement s'était développé, transformé en un portefeuille diversifié qui comprenait des cryptomonnaies, une chaîne de restaurants, différents organes de presse, et plus récemment quelques biens immobiliers à New York.

À l'inverse de Luis, son père, il n'avait jamais eu de vocation. Le développement de ses affaires s'était opéré de façon naturelle. Il aimait reprendre des entreprises, les faire fructifier, et ces acquisitions fondées sur des objectifs clairs s'avéraient rentables. Mais ce n'était pas pour cette raison qu'il désirait reprendre Fairlight Holdings.

Le motif était simple.

Fenella Ogilvy, sa mère biologique – qui l'avait rejeté dès sa naissance –, était la fille du « vieil » Angus Balfour qu'il venait de citer. Menant une carrière de présentatrice de télévision proche de la célébrité, elle n'était pas réellement impliquée dans cette affaire, mais y avait des actions, tout comme ses deux enfants. Et à l'heure actuelle son fils « légitime », auquel elle avait donné le nom de son propre père, y occupait le poste de P-DG par intérim – ce, depuis le décès du grand-père, survenu seize mois auparavant.

En résumé, Fairlight était une ancienne entreprise familiale, un peu comme Cavendish et Cox. Gabriel avait fait suffisamment d'acquisitions de cette nature pour savoir ce que cela représentait d'un point de vue sentimental aux yeux des héritiers. Et combien il leur était dur de perdre le contrôle desdites entreprises.

Mais Fenella Ogilvy n'était pas une femme d'affaires et son fils s'avérait de toute évidence dépassé par les responsabilités qui lui incombaient. Elle voulait sortir de cette impasse, ce qui la rendait vulnérable. Et il avait bien l'intention de profiter de cette vulnérabilité, de la traiter comme elle l'avait elle-même traité. Il allait donc utiliser cette situation pour arriver à ses fins. Pousser celle qui l'avait mis au monde à échanger contre de l'argent ce qui avait appartenu à sa famille, renonçant à son passé tout comme à son avenir.

Après quoi il fermerait l'entreprise, effaçant ainsi tous ces souvenirs, comme elle avait cherché elle-même à l'effacer, lui, son fils.

Son regard s'attarda sur le visage de Dove, qui ne trahissait pas la moindre émotion, et il serra les mâchoires. Il ne révélerait évidemment à personne la véritable cause de cette acquisition.

— Je suis intéressé par ce qui est susceptible de me rapporter de l'argent, Alistair, déclara-t-il avec un léger haussement d'épaules.

Il remarqua que, en face de lui, Dove tressaillait. Mais peut-être n'était-ce qu'une illusion d'optique liée à la lumière qui filtrait à travers les rideaux, car son visage était toujours aussi hermétique. Il s'interrogeait encore quand l'assistante d'Alistair frappa un petit coup à la porte avant d'entrer dans la salle.

— Désolée de vous déranger, fit-elle, adressant un sourire gêné à Gabriel. J'ai un appel pour vous, monsieur Cox.

Ce dernier fronça les sourcils.

— Ça ne peut pas attendre, Annabel ? Nous étions sur le point de commencer…

Gabriel leva aussitôt un bras.

— Je vous en prie, faites comme si je n'étais pas là. Mlle Cavendish ici présente va se charger de me tenir compagnie. Si cela lui convient, bien entendu…

Ces mots furent suivis d'un silence qu'elle ne fut pas longue à rompre par un bref :

— Bien sûr.

Si son expression restait indéchiffrable, Gabriel devina en elle une certaine nervosité et s'en réjouit.

— Parfait, voilà donc qui est réglé, dit-il en souriant.

Comme Alistair s'apprêtait à insister, il l'interrompit de nouveau :

— Ne vous inquiétez pas, tout va bien se passer. Ce n'est pas souvent que j'ai l'occasion de joindre l'utile à l'agréable…, conclut-il, tourné vers la jeune femme, sans se départir de son sourire.

Puis, la main tendue vers les petites bouteilles d'eau posées sur la table, il ajouta :

— Et s'il était possible d'avoir un café, ma foi, je ne dirais pas non.

— Évidemment, fit Alistair avant de quitter la pièce.

Dès qu'il fut sorti, un silence pesant s'installa dans la *war room* où ils se retrouvaient à présent seuls, face à face. Que de fois il avait imaginé ce moment ! Imaginé les remarques pertinentes et caustiques qu'il lancerait à celle qui avait prétendu l'aimer. Mais à présent son esprit était totalement vide. Le néant absolu.

Pressé de retrouver toutes ses facultés, il se leva et fit quelques pas dans la pièce, conscient que Dove le suivait du regard. Ce qui laissait supposer qu'elle n'était pas très à l'aise.

Il s'arrêta devant quelques portraits, baissant la tête pour lire ce qui était inscrit sur les petites plaques en laiton situées en dessous des cadres. Après quoi il se tourna vers la jeune femme qui, immobile, avait les yeux rivés sur un point situé derrière son épaule. Et la colère flamba de nouveau en lui. Tôt ou tard, elle allait comprendre qu'il n'était pas prêt à disparaître, cette fois.

Pas avant d'avoir obtenu ce qu'il était venu chercher.

— Belle vue, lâcha-t-il, désignant du menton les jardins en forme de croix, bordés d'arbres, que l'on voyait à travers les fenêtres. Et il semblerait aussi que la verdure stimule les niveaux de vigilance et de vitalité chez l'être humain.

Il se tourna alors vers elle et fouilla son regard. Le gris, songea-t-il, était une couleur idéale pour dissimuler les sentiments. Il avait pourtant l'impression que celui des yeux de Dove s'était obscurci, endurci. Elle le fixait sans un mot, et il attendait, comme il avait attendu dans ce bar d'hôtel bien des années auparavant. Si ce n'est que, cette fois, c'était elle qui ignorait ce qui était en train de se produire. Elle ignorait qu'elle allait être croquée, puis rejetée ! Elle le découvrirait bien assez tôt !

— Pourrais-tu m'expliquer ce que tu fais ici, Gabriel ?

Elle s'était exprimée d'une voix rauque et il retint un instant son souffle lorsqu'elle prononça son nom.

— Je crois l'avoir dit, lui répondit-il sans se départir de son aplomb d'homme d'affaires résolu à arriver à ses fins. Je veux acheter Fairlight Holdings.

Sans détourner le regard, Dove insista :

— Et ? Je suppose que tu as choisi par pur hasard le cabinet Cavendish et Fox pour te représenter ?

Non, ce choix n'était nullement lié au hasard, comme elle l'avait de toute évidence deviné. Il fit un pas dans sa direction. Ses joues semblaient avoir rosi. La lumière qui entrait par la fenêtre parsemait ses cheveux de reflets dorés. Et soudain il se rappela leurs ébats, le moment où il l'attirait contre lui, glissait les doigts dans cette épaisse chevelure, où il s'emparait de ses lèvres et…

S'empressant de revenir au présent, il haussa les épaules.

— On m'a dit que ce cabinet était tenu par des gens compétents et fiables. Mais on m'a peut-être menti…

Le gris des yeux de la jeune femme avait soudain viré à l'anthracite. Il eut même l'impression de voir des éclairs traverser les prunelles sombres, annonçant un orage imminent.

— Alistair est le meilleur avocat d'entreprise de Londres, déclara-t-elle.

Il ne l'avait jamais entendue parler avec une telle fougue, et cela produisit en lui une étrange réaction qui l'incita à répliquer aussitôt d'un ton narquois :

— Je serais presque tenté de te croire, ce qui est assez étonnant, la loyauté n'étant pas vraiment ton point fort. Qu'a bien pu faire ce cher Alistair Cox pour mériter une telle admiration de ta part ?

— Il ne ment pas, lui, lança-t-elle en reculant d'un pas. Je veux que tu t'en ailles !

Il sentit une petite boule se loger au creux de sa gorge mais, sans se départir de son assurance, secoua la tête et rétorqua :

— Je n'en ai aucune intention.

Il la vit serrer les mâchoires, et sa voix vibra d'une colère mal contenue lorsqu'elle répondit :

— Soit, dans ce cas c'est moi qui partirai.

Elle s'apprêtait à joindre le geste à la parole quand il se plaça devant elle, lui barrant ainsi le chemin.

— Non !

Elle redressa le menton et darda sur lui un regard furieux.

— Épargne-moi ton jeu de grand businessman, je n'ai pas d'ordres à recevoir de toi !

Détrompe-toi, songea-t-il.

— Ton nom figure peut-être au-dessus de la porte, mademoiselle Cavendish, mais tu n'es jamais qu'un simple rouage.

Ces mots furent suivis d'un lourd silence, qu'elle finit par rompre.

— Et toi un imposteur. Un jour, la terre entière s'en apercevra. Tu as peut-être de l'argent aujourd'hui, monsieur Silva, mais tu n'as aucune classe !

Le profond mépris qu'elle lui témoignait à cet instant précis ne fit qu'accentuer son ressentiment envers elle. Et dans les circonstances actuelles il lui était presque reconnaissant de montrer son vrai visage, de dévoiler la vraie Dove Cavendish, une femme snob qui se souciait essentiellement d'elle et de l'univers dans lequel elle évoluait.

— Et je crains que tu n'aies pas le choix, toi ! asséna-t-il, l'œil malicieux.

Sitôt ces mots prononcés, il se sentit bien plus calme qu'il ne l'avait été depuis longtemps. C'était le moment qu'il attendait. Il allait voir apparaître le désarroi dans ces prunelles grises tandis qu'elle comprendrait que le piège était en train de se refermer sur elle, qu'il n'y avait aucune échappatoire.

— Il y a six ans, j'ai commis une erreur, enchaîna-t-il. Je pensais que notre relation était arrivée à son terme. Je me trompais, je sais maintenant que nous avons encore des affaires à régler, toi et moi. Tu vois peut-être où je veux en venir ?

Il ne la quittait pas du regard, se réjouissant de la voir cligner des paupières, froncer les sourcils.

— Oui, je pense, poursuivit-il, car tu as toujours été quelqu'un d'intelligent.

Elle secoua la tête.

— Je ne travaillerai pas pour toi, Gabriel.

— Trop tard. À l'heure qu'il est, tu es déjà chargée de gérer l'acquisition de Fairlight.

Son sourire s'élargit tandis que la jeune femme blêmissait.

2

S'il avait prononcé ces mots avec une sorte de désinvolture, ils firent à Dove l'effet d'une gifle. Il attendait d'elle que… qu'elle se charge d'acquérir Fairlight ?

Stupéfaite, elle le fixa en silence pendant les instants qui suivirent. Tous les muscles de son corps s'étaient raidis et elle avait l'impression de suffoquer. Que venait-il de dire ? Gabriel Silva avait-il perdu la tête ? Comment pouvait-il imaginer ne serait-ce qu'une seconde qu'elle était prête à travailler pour lui, vu la façon dont il avait mis fin à leur relation ?

Un peu plus tôt ce matin-là, alors qu'elle rejoignait la salle de réunion, elle s'était dit qu'elle allait devoir supporter sa présence, mais que ces « retrouvailles » seraient brèves. Que pour une raison quelconque – la curiosité, sans doute – il souhaitait revoir la femme qu'il avait escroquée puis rejetée. Et à vrai dire, une fois la sensation de choc et d'affolement écartée, une partie d'elle-même s'était presque réjouie de le retrouver. Voilà qui lui permettait de montrer à Gabriel Silva que son brusque départ ne l'avait en rien anéantie, et qu'elle vivait très bien sans lui.

Mais cette rencontre était censée ne durer que quelques minutes. La perspective de *devoir* travailler pour lui ne lui avait pas un seul instant effleuré l'esprit.

— Je suppose qu'il s'agit d'une plaisanterie ? lança-t-elle, haussant un sourcil.

Rien dans l'attitude de Gabriel ne laissait toutefois entrevoir l'hypothèse qu'elle avançait. Pas le moindre sourire, le moindre éclat moqueur dans le regard. Il la fixait calmement, pareil à un joueur d'échecs qui vient de terminer et remporter la partie. Ses grands yeux bleus rivés sur elle, il secoua la tête avec lenteur.

— Je ne plaisante jamais dans le domaine des affaires, Dove.

C'était bien ce qu'elle craignait. Elle sentit les battements de son cœur s'accélérer tandis qu'une nouvelle vague de panique la submergeait. S'efforçant de ne rien trahir de l'affolement dans lequel cette situation la plongeait, ce fut d'un ton paisible qu'elle lui répondit :

— Tu ne penses pas sérieusement que je vais travailler pour toi ?

— Pourquoi pas ?

Pourquoi pas ? Elle resta de marbre tandis que ces deux mots résonnaient dans sa tête. Il osait lui poser cette question ? Avait-il oublié ce qui s'était passé entre eux ? Les mensonges, la trahison, la douleur. Sa douleur à elle, certainement pas celle de Gabriel ! Pour lui cette histoire n'avait jamais revêtu d'importance. Pourtant aujourd'hui encore, six ans après avoir découvert la sombre vérité, elle avait du mal à admettre que tout ce qu'ils avaient vécu ensemble n'avait été qu'une horrible imposture. Ces longs regards, ces caresses, ces ébats fougueux... Sur le moment, cela lui avait paru si réel.

Réel, cela l'avait été *pour elle,* pas pour lui.

Bien entendu, il était hors de question qu'elle évoque tous ces souvenirs intimes qui affluaient en elle. À quoi bon ? Il ne l'aimait pas, ne l'avait jamais aimée, et elle se garderait donc bien de lui révéler les sentiments qu'elle avait eus pour lui. D'évoquer cette passion folle, anéantie en quelques instants.

On frappa alors à la porte et Becky, l'une des jeunes employées du cabinet, entra dans la pièce. Elle portait un plateau et Dove reconnut sur-le-champ les délicates tasses en porcelaine qui comptaient parmi les préférées d'Alistair. Mais ce n'était certainement pas pour cette raison que les mains de Becky tremblaient. Elle avait dû elle aussi faire des recherches sur Internet et découvrait maintenant, impressionnée, que Gabriel Silva était en réalité plus beau encore que ne le laissait deviner sa photo de profil.

Elle serra les dents tandis que la jeune femme posait le plateau sur la table. « Ne vous fiez jamais aux apparences ! » eut-elle alors envie de crier. Avec ses prunelles d'azur et ses traits qui frisaient la perfection, Gabriel pouvait avoir l'air d'un ange, mais ce n'était là qu'une impression. De son propre point de vue, du moins.

Dès que Becky fut repartie, Dove reporta son attention sur lui.

— Ne fais pas *ça*, lança-t-elle d'un ton sec. Et tu sais très bien ce que j'entends par là.

Six ans auparavant, il aurait pu sans problème la manipuler comme une marionnette. Plus aujourd'hui.

— Tu sais pourquoi tu ne peux pas me demander une chose pareille, insista-t-elle, détachant chaque syllabe.

Jamais elle n'aurait imaginé avoir un jour ce genre de conversation avec Gabriel Silva. Après une rupture normale, les gens cherchaient en général à éviter leur ex. Certes, mais dans la mesure où leur rupture n'avait rien eu de « normal »...

Le cœur battant à tout rompre, elle le regarda prendre une tasse de café et en avaler une longue gorgée.

— Je suppose que tu veux parler de notre histoire ? demanda-t-il doucement, après avoir reposé la tasse sur le plateau.

Leur *histoire* ? C'était là un mot tellement bénin pour définir cette relation qui s'était terminée de façon si brutale...

— En effet, lui répondit-elle sèchement.

La réaction de Gabriel ne se fit pas attendre. En l'espace de quelques secondes à peine, l'expression de son visage changea pour devenir dure, intransigeante.

— Le passé appartient au passé et je n'ai pas l'intention de revenir là-dessus.

Dove en resta sans voix. Voilà donc toute l'importance que revêtait pour lui leur relation, y compris la façon dont elle avait pris fin. Elle eut du mal à ne pas avancer vers lui, prendre dans ses mains les revers de sa veste et le secouer de toutes ses forces. Ignorait-il combien elle l'avait aimé ? De toute évidence, il se moquait éperdument de l'impact qu'avait eu sur elle cette brusque rupture, et il avait lui-même depuis longtemps tourné la page sur ce qu'il considérait sans doute comme un simple incident.

Pas elle.

Les souvenirs des années qui venaient de s'écouler défilaient à vive allure dans son esprit. Années durant lesquelles elle avait tout fait pour se relever de cet échec sentimental, pour continuer à aller de l'avant. Elle se rappelait les longues séances dans la salle de sport où elle s'entraînait jusqu'à l'épuisement. Elle était alors prête à tout pour chasser les sombres pensées, la profonde amertume causée par ce sinistre dénouement que jamais elle n'aurait imaginé.

Pour refouler ses sentiments.

Ses sentiments. Comment Gabriel pourrait-il comprendre cela, alors qu'il en était lui-même dénué et ne se souciait nullement de ceux des autres. Une seule chose l'intéressait : l'argent.

Dehors, le soleil poursuivait son ascension dans le ciel. Elle garda quelques instants les yeux rivés sur l'astre luisant, qui lui rappelait que tout n'était pas soumis aux désirs de Gabriel Silva.

Redressant les épaules, elle planta son regard dans celui de l'homme qui se tenait en face d'elle.

— C'est impossible, déclara-t-elle d'un ton ferme. Il faudra que tu t'adresses à quelqu'un d'autre pour s'occuper de cette transaction.

Un lourd silence s'installa soudain autour d'eux. Un silence si oppressant qu'elle se surprit à respirer avec difficulté.

— Je ne t'ai pas demandé de travailler pour moi, précisa-t-il enfin. Je t'ai dit que *tu allais* travailler pour moi, nuance.

Furieuse, elle s'apprêtait à protester de façon virulente lorsqu'il ajouta :

— Et sache que ça ne te servira à rien de vouloir te placer en travers de mon chemin, Dove. À rien du tout.

Haussant une épaule, il déboutonna la veste de son costume et posa une main sur le mur, aussi à l'aise que s'il était là chez lui et s'adressait à l'un de ses subalternes. Le regard de la jeune femme se posa alors sur la chemise blanche, sous laquelle se dessinaient les muscles de ce torse qu'elle avait si bien connu. Et contre toute attente elle se laissa une fois de plus happer par le passé, plongea dans cet univers sensuel qui avait été le leur pendant quelque temps.

Stupéfiée par le cours que prenaient ses pensées en un moment pareil, elle se ressaisit en un éclair.

— Pourquoi te comportes-tu de cette façon ? lança-t-elle d'une voix tranchante.

Le bleu de ses yeux s'était obscurci et l'assurance glaciale qu'il affichait lui parut tout à coup insupportable. Comment osait-il resurgir soudain dans sa vie, et qui plus est, chercher à lui imposer ses décisions ?

— Toujours pour la même raison : parce que je peux me permettre de le faire, lui répondit-il avec un sourire sarcastique.

En entendant ces mots, elle retint son souffle. Était-ce là ce qui s'était produit six ans auparavant ? Avait-il pris l'argent de son père, simplement parce que celui-ci le lui avait proposé… ou était-ce ce qu'il briguait depuis le début ? Si ces questions lui brûlaient les lèvres, elle se garda bien de les formuler, car elle ne tenait pas à évoquer le passé avec cet homme à l'attitude arrogante, qui n'était plus pour elle qu'un étranger.

— Je ne considère pas cela comme une réponse.

Sans se départir de son insupportable sourire, il fit quelques pas dans la pièce. Incapable de s'en empêcher, Dove gardait les yeux rivés sur cette superbe silhouette virile. Six ans plus tôt, elle était tombée amoureuse de Gabriel Silva en le regardant traverser une pièce. Et voilà qu'aujourd'hui encore elle se sentait incapable de détourner le regard de cet individu qui pourtant ne l'avait pas ménagée.

— Je suppose que cet homme est l'un de tes ancêtres ?

Clignant des paupières, elle se tourna vers le portrait devant lequel se trouvait à présent Gabriel. Il s'agissait d'Arthur Cavendish.

— Oui. C'est mon arrière-arrière-grand-père.

— Plutôt pratique d'appartenir à une famille qui a un cabinet d'avocats d'affaires…

Il reporta toute son attention sur elle et la dévisagea. Il ne souriait plus à présent.

— Si mes souvenirs sont bons, tu disais pourtant, à l'époque, que tu ne travaillerais jamais dans l'entreprise familiale.

Il marqua une brève pause avant d'ajouter :

— Mais ce n'était peut-être pas ce que tu pensais réellement ?

Le ton dépourvu d'aménité sur lequel il s'était exprimé fit surgir en elle une brusque bouffée de colère.

— Il me semble que nous avons tous les deux dit des choses que nous ne pensions pas, Gabriel ! rétorqua-t-elle.

Leurs regards se rencontrèrent et restèrent rivés l'un à l'autre pendant les instants qui suivirent. De toute évidence, ses propos n'avaient pas plu à Gabriel, et elle ne pouvait que s'en réjouir. Car même s'il était un peu tard pour se venger elle prenait plaisir à le blesser – tout en sachant qu'elle ne parviendrait jamais à lui rendre tout le mal qu'il lui avait fait.

— Puisque nous savons maintenant où nous en sommes, pourquoi ne pas mettre fin à ces petits jeux ? suggéra-t-elle, défiant toujours ce regard d'un bleu dur.

— Tu crois qu'il s'agit d'un jeu ?

Il s'était rapproché d'elle en prononçant ces mots et d'instinct elle recula. Mais il continua d'avancer, jusqu'à se retrouver juste en face d'elle. Les poings serrés, Dove s'efforçait de ne rien laisser paraître du trouble qui la gagnait.

— Je ne sais pas de quoi il s'agit au juste, reprit-elle, mais... s'il ne tenait qu'à moi, je te dirais que je me moque éperdument de ton projet !

Ce fut d'un ton grinçant qu'il lui répondit :

— Ah ? Heureusement pour tous tes collègues, ce n'est pas toi mais Alistair qui gère le cabinet ! Et comme tu le sais *peut-être* il dirige une entreprise, pas une association caritative ! Je doute donc qu'il ne soit pas intéressé par la requête d'un client fortuné.

— Eh bien, tu te trompes ! répliqua-t-elle avec une assurance identique à celle qu'il affichait. Alistair exerce certes la profession d'avocat, mais c'est aussi un homme de principes. Il se soucie de la façon dont se déroulent les affaires, de la façon dont se comportent les gens, car il sait que ce métier ne se limite pas exclusivement au profit. Mais j'imagine qu'un homme de ta trempe a du mal à comprendre ce genre de fonctionnement.

Comme elle accompagnait cette tirade d'un regard dédaigneux, Gabriel insista :

— Un homme « de ma trempe », mademoiselle Cavendish ? C'est-à-dire ?

— Un homme qui n'a pas de cœur. Qui n'a aucune morale, aucune pitié !

Elle lâcha ces mots d'un ton rêche, comme si elle lui lançait des pierres au visage.

— Tu as oublié de mentionner le succès. Mais dans la mesure où tu travailles dans ce cabinet je comprends que ce mot soit exclu de ton vocabulaire courant.

Comment osait-il affirmer une chose pareille ? Une fois de plus, elle se sentit envahie par la colère. Soit, le cabinet n'était plus « la » référence en matière juridique qu'il représentait autrefois, mais il restait toujours une entreprise solide et réputée.

— La maison Cavendish et Fox existe depuis plus de deux cents ans, rétorqua-t-elle. On peut donc dire, je pense, qu'il ne s'agit pas d'une petite boîte sans importance.

Cette fois encore, elle vit ses lèvres s'étirer en un sourire bizarre et, une fois de plus, sentit tous les muscles de son corps se crisper. Que diable cherchait-il ? Où voulait-il en venir ?

— À en croire les rumeurs qui circulent, poursuivit-il d'un ton neutre, Cavendish et Cox n'est pourtant pas en ce moment un symbole de réussite absolue, loin de là. Il se dit même que l'entreprise serait en train de couler.

Prise de vertige, elle s'adossa au mur le plus proche tandis que lui revenait en mémoire une conversation entendue dans un bar quelques mois plus tôt. Deux avocats d'un cabinet rival discutaient d'un espace de travail, et l'un d'eux avait affirmé que, selon certaines rumeurs, Cavendish et Cox serait bientôt mis sur le marché. En proie à la panique, elle en avait aussitôt informé Alistair, qui n'avait manifesté aucun signe d'inquiétude. Au contraire même, il lui avait paru amusé.

« Ce ne sont que des commérages, mon petit. Je ne compte pas le nombre de fois où j'ai eu vent de la liquidation de ces bureaux ! lui avait-il répondu avant de lui tapoter le bras en un geste qui se voulait rassurant. Il nous arrive bien entendu de traverser des périodes difficiles, mais jusqu'ici nous nous en sommes toujours sortis, Dove », avait-il ajouté.

Et elle l'avait cru. De façon égoïste elle avait voulu le croire, car elle ne supportait pas d'imaginer l'inverse. Comment affronterait-elle une autre perte ? Où trouverait-elle en elle la force de la supporter ?

Et s'il se trompait ? Un frisson la parcourut tout entière tandis qu'une autre idée lui venait à l'esprit. Et si Alistair... lui mentait ? Faisant appel à toute sa volonté pour ne rien manifester de la panique qui la gagnait, elle haussa un sourcil.

— Je me demande où tu as pu entendre une chose pareille, mais sache que c'est faux.

L'air impassible avec lequel il accueillit ces propos la désarçonna, tout comme sa réponse, dans laquelle elle perçut une pointe de raillerie.

— Peut-être.

Puis il se tourna vers la fenêtre et observa quelques instants la place bordée d'arbres, avant d'ajouter d'une voix paisible :

— C'est bien là le problème des rumeurs, elles mènent leur propre vie. Il suffit qu'un client riche et célèbre décide de s'adresser ailleurs, ou exprime son insatisfaction, en privé, bien sûr, à des amis eux aussi connus, pour que tout s'effondre comme un château de cartes.

Ces derniers mots, il les avait prononcés en reportant son attention sur elle, et elle eut beaucoup de mal à continuer de cacher le trouble profond qui s'était emparé d'elle. Au-dehors la circulation s'était arrêtée, comme si Gabriel avait jeté un sort à tout le quartier londonien, qui venait de s'immobiliser.

— Tu n'irais quand même pas jusqu'à...

Il mentait. Il cherchait à l'impressionner, rien de plus.

En voyant son rictus, elle comprit cependant qu'elle se méprenait, qu'il n'aurait aucun scrupule à mettre sa menace à exécution. Elle comprit aussi pourquoi elle le détestait à ce point.

— J'aimerais autant ne pas devoir en arriver là, déclara-t-il, sans se départir de son calme. Ce qui devrait être possible si nous restons sur la même longueur d'onde.

— C'est-à-dire ?

Il lâcha un rire sec.

— Voyons, qui joue à des petits jeux, maintenant ?

— Je ne suis pas en train de jouer, Gabriel ! objecta-t-elle, glaciale. Je ne comprends simplement pas pourquoi tu voudrais que je travaille pour toi.

— Ah ? Ça me semble pourtant évident. Cette acquisition compte beaucoup à mes yeux et je considère donc comme essentiel de la gérer avec une personne aussi investie que moi. Il faut à mes côtés quelqu'un prêt à s'engager... en l'occurrence, toi !

En entendant ces mots, Dove retint son souffle. Gabriel Silva serait-il devenu fou ? Comment pouvait-il imaginer une chose pareille ?

— Je me sens en effet prête à m'investir. À tout faire pour ne plus jamais te revoir ! lâcha-t-elle d'un ton rageur.

— Et donc à mettre en péril l'avenir de ce cabinet d'avocats, fondé par ton arrière-arrière-arrière-grand-père ? s'enquit-il d'une voix calme. Tu te moques de ce qui risque d'arriver à Alistair ainsi qu'à tous les employés de cette entreprise ?

— Non, bien évidemment ! répliqua-t-elle sur-le-champ, bouillant de colère.

Il haussa les épaules avec une sorte de nonchalance qui la rendit plus furieuse encore.

— J'en conclus donc que tu vas t'impliquer dans la tâche dont il est question. Parce que, si tu ne le fais pas, je n'hésiterai pas à mener cette entreprise à la ruine. À la couler.

Elle sentit des larmes lui picoter les yeux et cligna des paupières. Une violente envie de crier s'emparait d'elle. De hurler contre Gabriel Silva, contre ce monde qui permettait qu'un être pareil puisse devenir aussi puissant. Mais les propos abjects qu'il venait de formuler semblaient avoir vidé ses poumons du moindre souffle d'air. Il lui fallut quelques secondes pour retrouver l'usage de la parole.

— Voilà donc comment tu mènes tes affaires ? fulmina-t-elle enfin. En proférant des menaces, en intimidant les gens, en les faisant chanter ?

— Je fais ce qu'il faut faire pour obtenir ce que je veux.

La voix douce avec laquelle il s'était exprimé ne laissait aucun doute : elle avait en face d'elle un individu totalement dénué de compassion.

— J'aimerais pouvoir dire que ton attitude me surprend, asséna-t-elle, mais je mentirais.

Elle en resta là, détestant la situation dans laquelle elle se trouvait. Et, une fois de plus, *à cause de lui* ! Elle croyait avoir tourné la page, continué d'avancer sur son chemin, et se trouvait aujourd'hui obligée d'admettre qu'il n'en était rien. La blessure qu'il avait provoquée en elle n'avait nullement cicatrisé. Elle avait tenté de se leurrer, s'était bercée d'illusions, rien de plus. Il avait suffi que Gabriel réapparaisse pour que ces douleurs resurgissent en elle.

Il se rapprocha alors d'elle et elle retint son souffle. L'odeur de sa peau mêlée à celle de son eau de toilette, qu'elle avait reconnue sitôt passé le seuil de la salle de réunion, était désormais toute proche d'elle.

— Je ne suis pas en train de parler business, Dove, dit-il, son regard d'un bleu perçant posé sur elle. Il s'agit d'une affaire *personnelle.*

Sans cesser de le dévisager, elle avala lentement sa salive. Son cœur cognait fort dans sa poitrine. En fait, elle s'était trompée en déclarant qu'il n'avait pas changé. À présent, il ne cherchait plus à cacher sa véritable personnalité. Il admettait être prêt à tout pour atteindre son but. Mais il allait devoir y renoncer cette fois, car il était hors de question qu'elle travaille pour lui. Pas sans s'être battue, en tout cas.

— Nous avons eu une histoire ensemble, n'est-ce pas ? insista-t-il.

Difficile de le nier. Une histoire passionnelle qui lui avait fait perdre tous ses moyens. Auprès de cet homme, tant son esprit que son corps s'étaient emballés. Et elle avait souffert de son absence. Ses caresses, ses étreintes passionnées lui avaient manqué.

Lui manquaient toujours, dut-elle admettre à contrecœur. Mais il l'avait quittée *pour de l'argent* et elle ne devait surtout pas l'oublier.

— En effet, nous avons eu une histoire ensemble, pour reprendre tes propres termes. Nous envisagions même de partir tous les deux. Et puis mon père t'a proposé une certaine somme pour que tu disparaisses et tu as accepté son marché. Je qualifierais donc plutôt l'histoire en question de conflit d'intérêts !

Elle s'était exprimée d'un ton ferme, dur, qui n'eut apparemment aucun effet sur Gabriel.

— Il n'y a aucun conflit, répliqua-t-il en secouant doucement la tête. Tu souhaites que le cabinet Cavendish et Cox dure encore deux cents ans au moins, n'est-ce pas ? Moi aussi. Et je ne te demande pas grand-chose pour que ce soit possible : simplement de gérer une petite acquisition.

Et devoir tous les jours affronter ce regard d'azur, aussi beau que trompeur ? Revivre à longueur de temps le chagrin, la colère générés par cette trahison ?

Bien que se sentant acculée, elle fit une dernière tentative. Ce fut donc d'un ton calme et professionnel qu'elle déclara :

— Toute acquisition s'avère être un processus complexe qui, comme tu le sais, se fait en plusieurs étapes. Chez Cavendish et Cox, nous pensons que la communication à chaque étape dudit processus est primordiale. Nous considérons ce facteur comme le plus important pour que nos clients obtiennent un excellent résultat.

Elle vit ses épais sourcils noirs se rapprocher.

— C'est en effet ce qui est précisé sur le site web du cabinet. Où veux-tu en venir ?

— Je ne vois pas comment... nous pourrions y parvenir, toi et moi.

Comme il la dévisageait toujours, un sourcil levé, elle passa la langue sur ses lèvres sèches.

— Nous n'avons pas pour habitude de communiquer. À aucun niveau et ça ne date pas d'hier.

Ayant de plus en plus de mal à aligner les mots, elle en resta là, quasiment tétanisée face à cette silhouette imposante. Il se tenait à présent si près d'elle qu'elle sentait presque la chaleur de son corps irradier.

— Je ne partage pas ton avis, dit-il enfin, rompant le silence tendu.

Elle avait l'impression que le regard bleu devenait de plus en plus perçant, lisait tout en elle.

— Si mes souvenirs sont bons, reprit-il, nous n'avions aucun mal à communiquer. Tout au moins, à un certain niveau...

Il en resta là et elle sentit le sol se dérober sous ses pieds tandis qu'affluaient les souvenirs de ces moments ardents qu'elle s'efforçait sans grand succès de tenir à distance. Ce fut alors qu'elle remarqua dans son regard quelque chose de différent. Il n'affichait plus cette insupportable arrogance qui lui avait sauté aux yeux dès son arrivée dans la salle de réunion. À sa façon de serrer les mâchoires, elle sut qu'il se rappelait lui aussi les moments ardents qu'ils avaient vécus ensemble.

— C'était... il y a longtemps, souffla-t-elle d'une voix rauque.

Elle aurait dû à ce moment-là reculer, rétablir entre eux une distance convenable, mais n'y parvenait pas. Elle restait là, immobile, incapable de détacher le regard de ces immenses prunelles, de cette bouche sensuelle qui lui avait apporté tant de plaisir.

Il tendit la main vers son visage, lui effleura la joue, les cheveux, et murmura :

— J'ai pourtant l'impression que c'était hier.

Ces quelques mots, prononcés d'une voix caressante, anéantirent en elle toute envie de s'éloigner de lui. De fuir en toute hâte le danger qu'il représentait. Elle avait l'étrange impression d'être en quelque sorte ligotée à lui.

Et ce fut donc toujours figée qu'elle vit le beau visage masculin s'incliner vers le sien. L'instant suivant, ces lèvres brûlantes dont elle avait tant de fois rêvé en son absence se pressaient sur les siennes. Et soudain elle se retrouva plongée dans le passé, comme si ce baiser suffisait à effacer en un instant les six dernières années écoulées. Toute la douleur, la rancœur, la colère accumulées au fil du temps et dont elle n'avait jamais réussi à se défaire.

Les yeux clos, elle se laissait emporter par ces sensations extraordinaires qu'il avait toujours su générer en elle et qui balayaient tout sur leur passage. Dès que leurs bouches s'étaient jointes, toute trace de réalité avait disparu. Oubliés le lieu où ils se trouvaient, le motif de sa venue au cabinet, la terrible expérience qu'il lui avait infligée. Elle vibrait au contact de ces lèvres sur les siennes, de ces mains sur la soie de son chemisier. Elle se serrait contre ce torse musclé qu'elle avait tant de fois caressé, embrassé.

Ce désir fou que lui et lui seul avait toujours suscité en elle resurgissait. Elle aurait tant aimé qu'il la déshabille, le déshabiller à son tour, et laisser leurs corps s'enlacer, entamer ce ballet féerique qui tant de fois les avait conduits aux cimes du plaisir. Tant de fois les avait…

Elle se raidit soudain tandis qu'un bruit de voix résonnait dans le couloir, se rapprochant. Ils s'écartèrent aussitôt l'un de l'autre. Essoufflée, Dove s'adossa au mur voisin et glissa machinalement la main dans ses cheveux. En face d'elle, Gabriel respirait lui aussi de façon saccadée sans cesser de la fixer. Constater qu'il semblait lui aussi affecté par cet échange aussi bref que fougueux fut pour elle une maigre consolation.

— Nous n'aurions pas dû...

Incapable d'en dire davantage, elle ponctua ces paroles d'un clignement de paupières. Elle avait du mal à trouver ses mots, à faire en sorte que ses pensées s'enchaînent avec cohérence. Et surtout à montrer que ce qui venait de se produire n'avait aucune importance.

— N'importe qui aurait pu arriver, entrer, ajouta-t-elle en hâte.

Elle remarqua alors que son regard s'assombrissait, trahissant un sentiment qu'elle ne parvenait à définir. Mais il fut prompt à se ressaisir et à darder sur elle ses yeux d'un bleu intense.

— Nous avons eu de la chance ! lança-t-il avec un petit sourire en coin. Et ne t'inquiète pas, je n'envisage pas d'en parler à qui que ce soit. Cette fois, tu ne seras pas obligée de me payer pour que je disparaisse à nouveau. Non que tu puisses te le permettre, d'ailleurs...

Elle le fixa, abasourdie. Après le baiser ardent qu'ils venaient d'échanger, voilà qu'il s'adressait à elle avec une froideur pour le moins déconcertante. Elle eut l'impression qu'il venait de lui claquer la porte au nez, et sa réaction fut immédiate.

— Impossible, Gabriel ! Je ne peux pas travailler pour toi.

— Dommage, dit-il sur ce même ton glacial. La vie exige parfois des sacrifices, Dove. Tu te sens donc prête à provoquer la faillite de l'entreprise familiale dans le seul but de préserver ton ego ?

Les yeux écarquillés, elle porta la main à sa gorge. Elle n'avait rien fait qui puisse justifier une telle remarque. Elle...

— Je suis vraiment désolé.

Dove se tourna aussitôt vers Alistair, qui venait de les rejoindre et affichait un air navré.

— Je pensais en avoir pour quelques minutes, pas plus, ajouta-t-il en écartant les bras.

Dove reporta son attention sur Gabriel, qui s'était immédiatement tourné vers Alistair et lui souriait.

— Ne vous inquiétez pas, l'attente ne m'a pas paru longue auprès de Mlle Cavendish. Elle sait distraire son entourage ! Qui plus est, elle a accepté de gérer pour moi l'acquisition de Fairlight. Si toutefois cela ne vous pose pas de problème, bien sûr.

— Aucun, affirma aussitôt Alistair en souriant fièrement. Dove est une avocate très fiable et compétente. Je vous certifie que vous serez impressionné par la qualité de son travail, tout comme par la façon dont elle s'y investit.

— Je n'en doute pas.

Gabriel reporta alors son attention sur elle, et elle remarqua que le sourire adressé à Alistair s'était transformé en une moue sarcastique qui lui était destinée. À présent il la dévisageait, la défiant de nier ce qu'il venait d'affirmer, de refuser d'entrer dans son jeu.

— Je vais demander à mes secrétaires de commencer à trier les papiers et nous devrions être à même de tout mettre en place à partir de lundi.

— Parfait ! lança Alistair en se frottant les mains.

Face à la satisfaction qu'il ne cherchait pas à cacher, Dove se sentit gagnée par la culpabilité. Ce n'était sans doute pas évident pour tout le monde, mais il lui arrivait de percevoir dans le regard d'Alistair une certaine inquiétude. Et à cet instant précis il paraissait aussi excité qu'un enfant le jour de son anniversaire.

— Il paraît que les vues depuis vos bureaux sont magnifiques, dit-il, s'adressant toujours à Gabriel.

Puis il se tourna vers Dove, qui parvint à esquisser un sourire. Elle savait que le groupe Silva avait récemment emménagé dans un prestigieux gratte-ciel de Londres construit depuis peu. Une tour blanche à plusieurs niveaux, communément connue sous le nom de Gâteau de Mariage. Ce fut non sans soulagement qu'elle s'imagina dans les grands locaux occupés par son personnel. Là-bas au moins, ils n'auraient guère l'occasion de se retrouver en tête à tête.

— Vous viendrez bien sûr nous rendre visite, Alistair. Mais…

Comme Gabriel marquait une pause, elle fronça légèrement les sourcils. Que s'apprêtait-il encore à annoncer ?

— Quand je prépare une acquisition, je préfère travailler sur l'*Argentum*. L'*Argentum* est mon yacht, précisa-t-il sans quitter la jeune femme du regard. Il est amarré au large de la Côte d'Azur.

Elle sentit sa gorge se serrer, si fort qu'elle eut soudain du mal à respirer. Alistair, lui, semblait de plus en plus ravi.

— C'est ce que vous appelez « travailler » ? s'exclama-t-il, l'œil rieur.

— Je sais bien que ça peut paraître bizarre, admit Gabriel avec un petit haussement d'épaules, mais c'est en fait une option très intéressante. Voyez-vous, quand on est sur terre, il y a toujours des distractions, des tentations. En mer, on a beaucoup moins de mal à se concentrer.

Dove se tourna vers la fenêtre derrière laquelle luisait le soleil. Voilà donc ce qui l'attendait, songea-t-elle, prise de panique. La plupart des gens seraient enchantés de travailler en Méditerranée, sur un yacht.

Pas elle.

3

Gabriel quitta le bâtiment et se dirigea à grands pas vers Lincoln's Inn Fields, plissant les yeux. Ce n'était pas le soleil, exceptionnellement brillant à Londres ce jour-là, qui provoquait ce réflexe de sa part. Du tout, c'était plutôt le manque de maîtrise de soi dont il venait de faire preuve qui était à l'origine de cette réaction.

Que diable lui était-il passé par la tête ? Il avait donc suffi qu'*elle* réapparaisse pour qu'il oublie la façon dont elle l'avait traité ? Dove Cavendish était celle qui l'avait méprisé, puis humilié. Et par sa seule présence elle avait effacé sa colère, sa soif de vengeance. Il avait d'abord réussi à jouer le jeu, et puis soudain ils s'étaient retrouvés face à face, près l'un de l'autre, et tout avait basculé dans le néant. Tout, excepté ce désir fou qu'elle avait toujours suscité en lui.

Comme il serrait les mâchoires, il eut l'impression de tenir encore tout contre lui le corps féminin et accéléra le pas.

Six années s'étaient écoulées depuis leur brusque rupture. Il avait eu tout le temps de changer depuis, de devenir un personnage important dans le monde des affaires. Tout le temps aussi de préparer ces retrouvailles avec Dove Cavendish, de tout mettre en place dans sa tête pour que cela se passe comme *il* le voulait, pas autrement. Pour qu'elle se sente aussi rabaissée qu'il s'était lui-même senti lorsqu'elle avait brusquement disparu de sa vie, le traitant comme un moins-que-rien.

Et puis ils s'étaient retrouvés seuls, et il n'avait pas fallu plus de quelques minutes pour qu'il succombe à son attirance pour Dove. Une attirance mutuelle, aucun doute là-dessus, vu la façon dont elle avait réagi quand il l'avait prise dans ses bras. Mutuelle et très forte. En quelques secondes à peine, il avait oublié qu'il était un homme d'affaires milliardaire et mondialement connu. Il n'avait plus été qu'un homme. Un homme submergé par les sensations folles que provoquait en lui cette femme. Comme si cela ne suffisait pas, il avait suggéré qu'elle s'envole pour le rejoindre sur l'*Argentum,* alors que jusque-là il avait décidé qu'elle resterait à Londres, d'où elle suivrait ses ordres !

Étouffant un juron, il leva la main en un geste à la fois machinal et autoritaire qui lui était devenu familier. Quelques instants plus tard, une élégante limousine de couleur sombre et aux vitres teintées se garait le long du trottoir. L'air était frais à l'intérieur du véhicule. Il se laissa aller contre le dossier du confortable siège en cuir et se passa la main sur le visage.

Sa vie avait bien changé au cours de ces dernières années. Gagner de l'argent n'était somme toute pas si difficile. Être riche, en revanche, pouvait l'être. Et il ne manquait pas d'argent. Vraiment pas ! Il en possédait bien plus qu'il n'aurait imaginé en posséder un jour, lorsqu'il habitait avec ses parents la petite maison munie de deux chambres seulement à Swindon.

Il sentit les muscles de son corps se relâcher, ce qui se produisait toujours quand il pensait à sa mère et à son père. Luis et Laura Silva n'avaient certes jamais fait partie des classes dites favorisées, mais lui avaient toujours donné tout ce qu'un fils peut désirer. Ils avaient su le guider, le soutenir, lui manifester leur confiance. Et, par-dessus tout, ils l'avaient aimé de façon inconditionnelle.

Autrefois, plus jeune et plus naïf qu'il ne l'était aujourd'hui, il avait cru que Dove l'aimait elle aussi. Et puis il avait ouvert les yeux. Ce qu'il avait considéré, lui, comme une relation n'avait été pour elle qu'une simple aventure estivale. Il lui avait peut-être plu parce qu'il ne ressemblait à aucun des hommes faisant partie de son cercle, qui portaient tous des chemises à rayures et parlaient fort. Cet été-là, travaillant comme serveur dans une société d'événementiel, il en avait vu tant et plus de ces individus. Comme Dove, d'après ce qu'il avait cru comprendre. C'était en tout cas ce qu'elle lui avait laissé entendre.

Mais que savait-il d'elle au juste, à cette époque-là ? Absolument rien et il s'en moquait bien. Dès l'instant où il avait posé les yeux sur elle, il l'avait désirée comme jamais il n'avait désiré aucune autre femme jusque-là.

Il avait commencé à travailler dans cette société au début de l'été. Quelquefois il était sollicité en cuisine, où il était chargé de laver poêles et casseroles ainsi que de remplir les lave-vaisselle. D'autres fois, sa présence était requise en salle pour s'occuper des clients. Quelle que soit la tâche qui lui était confiée, cet emploi ne lui avait jamais plu. Il l'avait trouvé ennuyeux, répétitif, épuisant. Mais il avait besoin d'argent. À cette époque-là, il avait toujours besoin d'argent.

Par ailleurs, ce travail l'avait aidé à relativiser ce qui s'était produit un an auparavant. L'activité de serveur avait détourné son esprit de la douleur, de la culpabilité.

Et de la honte.

La honte d'avoir échoué. De ne pas avoir été voulu, ne pas avoir été bien accueilli, et moins encore serré dans les bras. Il n'allait vraiment pas bien à cette époque de sa vie.

Et puis Dove était arrivée, éblouissante de beauté, bien habillée, bien maquillée. Impeccable. Intouchable. Jamais il n'oublierait sa réaction quand ses yeux s'étaient posés sur ces cheveux dorés, ces lèvres entrouvertes en un irrésistible sourire. Il avait alors entendu sa voix, pareille à une mélodie, et avait aussitôt succombé à son charme.

Il n'avait pas tardé à découvrir que ses qualités ne se limitaient pas à l'apparence. Elle aimait lire, aller au spectacle. Elle était intelligente, curieuse de découvrir des choses nouvelles. Elle était aussi sensuelle, passionnée. Comment oublier ses caresses, ses baisers ?

Perturbé par le cours de ses pensées, il s'aperçut qu'il s'était agrippé aux accoudoirs du véhicule. Il avait alors cru avoir trouvé la femme de sa vie. Et, sorti depuis peu du rejet brutal que lui avait infligé Fenella Ogilvy, il n'aspirait qu'à une chose : être vu, reconnu, entendu. Exister réellement pour quelqu'un.

Au lieu de cela, pour la deuxième fois de sa vie il avait été payé pour disparaître. Il avait une fois de plus été considéré comme un sale petit secret à enterrer. Et il s'était senti rejeté, profondément humilié.

D'un geste brusque, il se tourna vers la fenêtre et vit une femme, aux cheveux blonds relevés en queue-de-cheval et vêtue d'un jogging, qui courait sur le trottoir. Son pouls s'accéléra, comme s'il courait lui aussi à vive allure pour s'éloigner le plus vite possible de cette salle de réunion où avaient eu lieu leurs retrouvailles. À moins que, au contraire, il ne cherche à retrouver Dove dans les plus brefs délais. À la prendre de nouveau dans ses bras, à...

Il porta la main à son cou et dénoua sa cravate avant de la lancer d'un geste brusque sur le siège voisin. Hors de question ! Il avait perdu la tête un peu plus tôt, mais cela n'irait pas plus loin. Revoir la jeune femme lui avait causé un choc tel qu'il n'avait pas été long à oublier le motif de sa visite dans les bureaux de Cavendish et Cox et à se laisser emporter par le désir fou qu'elle éveillait encore et toujours en lui. Il avait soudain replongé dans le passé, ce passé où ils partageaient des moments extraordinaires.

Jusqu'à ce que...

La main tendue, il frappa à la vitre qui séparait les sièges des passagers du chauffeur.

— Ramenez-moi à l'hôtel.

Cette fois, ce qui s'était passé entre eux avait été en quelque sorte inévitable. L'embrasser s'était en quelque sorte avéré nécessaire. Il avait eu l'impression de ne pas avoir le choix, mais ce serait différent la prochaine fois.

Apaisé par le cours de ses pensées, il se laissa aller en soupirant contre le dossier du siège. Voilà, tout allait désormais rentrer dans l'ordre. Il ne lui restait plus qu'à prendre une longue douche froide pour chasser Dove Cavendish autant de son esprit que de son corps.

À tout jamais, cette fois.

Tandis que, pareil à un élégant oiseau blanc, l'hélicoptère s'élevait dans le ciel, Dove sentit son estomac se nouer. La trêve touchait à sa fin. Le contrat avait été signé et elle était désormais sur le point de retrouver Gabriel Silva.

Pour travailler à son service.

Partager son quotidien.

Vivre avec lui.

Cinq jours à peine s'étaient écoulés depuis qu'il était réapparu dans sa vie, bouleversant l'équilibre qu'elle avait réussi à y rétablir. En cinq jours, elle avait eu l'impression de se trouver dans l'une de ces petites boules transparentes qui contiennent de la fausse neige et que l'on s'amuse à agiter dans tous les sens. À présent, tout semblait être rentré dans l'ordre. Elle entendait même parfois Alistair fredonner quand il traversait seul les couloirs du cabinet.

En ce qui la concernait, l'ordre en question était totalement factice.

Elle posa la tête sur le dossier de son siège et ferma les yeux, cherchant à se détendre. Comme cela semblait impossible, elle se pencha du côté du hublot. En dessous d'eux, le superbe château dans lequel elle avait passé la nuit rétrécissait à vue d'œil. Il ressemblait à une maison de poupée située au bord de la Méditerranée, qui était ce jour-là d'un bleu étincelant.

Son cœur se mit à cogner dans sa poitrine tandis que l'appareil continuait de monter dans le ciel. Elle était en proie à un mélange de panique et de colère. Si la note de ce luxueux hôtel de la Riviera avait été réglée par un autre que Gabriel, elle aurait sans aucun doute davantage apprécié ce bref séjour dans le somptueux établissement. Mais elle le soupçonnait d'avoir choisi un lieu pareil pour lui rappeler que c'était *lui* et lui seul qui dirigeait les opérations.

D'instinct, elle s'agrippa aux accoudoirs de son siège.

En premier lieu, elle avait été invitée à se rendre dans les bureaux du Gâteau de Mariage pour y rencontrer l'équipe de Gabriel – y compris Carrie Naylor, son intimidante chef des opérations. Puis une limousine avec chauffeur était apparue, semblable au carrosse de Cendrillon, et l'avait conduite à l'aéroport où l'attendait un jet privé qui l'avait, lui, amenée sur la Riviera française.

Et elle se trouvait à présent dans un hélicoptère qui survolait la mer pour rejoindre l'*Argentum*. Tout cela, grâce à l'immense générosité de Gabriel Silva ! Seule consolation : elle n'avait pas eu à subir sa présence. Apparemment, il était allé « se détendre » à Paris. C'était ce qu'avait laissé échapper Carrie Naylor, et elle aurait dû s'en moquer, n'y accorder aucune importance. Mais ce n'était pas le cas.

Cette information l'avait blessée, tout comme l'avait heurtée le fait de le revoir. Voilà que revenait soudain dans sa vie celui qu'elle considérait aujourd'hui comme un inconnu et qui savait pourtant tant de choses à son sujet. Des choses qu'il était le seul à connaître. Ils avaient partagé tellement de merveilleux moments ensemble... Jusqu'à ce qu'elle découvre que tout cela n'était que mensonge. Pour Gabriel, cette histoire n'avait représenté qu'un jeu.

Et désormais elle se trouvait dans l'obligation de travailler pour lui.

Quand Dove était enfant, sa mère avait coutume de lui lire des contes de la mythologie grecque. Elle en avait adoré certains, comme celui de la Pomme d'Or, et détesté d'autres. Parmi ces derniers comptait tout particulièrement celui de Thésée et du Minotaure. Ce n'était pas le monstre qui lui avait fait peur, mais le labyrinthe. Imaginer être piégée dans les ténèbres, se perdant d'impasse en impasse, lui était tout bonnement insupportable.

Et c'était ce qui était en train de lui arriver.

Depuis le passage de Gabriel dans les bureaux de Cavendish et Cox, elle se sentait piégée dans ce dédale qu'il avait créé. Elle avait essayé à plusieurs reprises de trouver une échappatoire, en vain, alors qu'elle était avocate. À moins de refuser catégoriquement de le suivre, il n'y avait aucune issue possible. Or elle ne pouvait pas en arriver là, car cela comportait des risques, et pas des moindres. Elle ne voulait pas nuire à Alistair, pas plus qu'à la cinquantaine de personnes travaillant au cabinet.

Il y avait aussi Olivia. Refuser de travailler pour Gabriel l'aurait contrainte à révéler à Alistair toute la vérité sur Gabriel et Oscar, et sa mère aurait alors tout découvert. Car c'était ainsi que cela fonctionnait : un moment de transparence en appelait inévitablement un autre, tout comme les fleurs éclosent au printemps.

Après tout ce temps, pouvait-elle infliger cela à sa mère ?

Cela ne servirait à rien d'autre qu'à la perturber, donc autant éviter d'en arriver là alors qu'elle allait plutôt bien.

— Nous n'en avons plus pour très longtemps, mademoiselle Cavendish.

Elle redressa le menton et vit que le copilote qui s'était tourné vers elle lui adressait un sourire rassurant.

— Voulez-vous que je mette un peu de musique ? proposa-t-il. Certains de nos passagers sont parfois nerveux et apprécient de ne pas entendre le bruit des rotors...

— Avec plaisir, lui répondit-elle, parvenant à son tour à sourire.

Quelques instants plus tard, des notes de piano résonnaient dans la cabine et elle lâcha les accoudoirs pour poser les mains sur ses genoux. Jusqu'ici, les voyages en avion ne l'avaient jamais inquiétée, mais elle ne jugea pas nécessaire de dire la vérité à un parfait inconnu. À quoi bon lui expliquer que c'était précisément le fait de rejoindre l'*Argentum* qui l'angoissait, et donc que cette angoisse augmentait de seconde en seconde puisqu'ils étaient sur le point d'arriver à destination ?

Baisser les paupières ne lui serait d'aucun secours, cela ne retarderait pas la confrontation qu'elle redoutait. Et, comme si la situation n'était pas déjà assez complexe, voilà que resurgissaient les souvenirs du baiser passionné qu'ils avaient échangé quelques jours à peine plus tôt. D'instinct, elle serra de nouveau les accoudoirs entre ses mains, comme si elle avait pu ainsi refouler ces sensations si fortes gravées en elle – sensations qui contribuaient à la déstabiliser un peu plus encore.

Cela n'aurait jamais dû se produire. Comment était-ce possible qu'elle ait ainsi baissé la garde ? Non contente de ne pas le fuir quand il l'avait attirée dans ses bras, elle avait répondu à cette étreinte avec une fougue identique à celle qu'il lui manifestait. Certes, sa présence dans les bureaux de

Cavendish et Cox ce matin-là l'avait pour le moins ébranlée, mais de là à perdre tout contrôle de la situation, et surtout d'elle-même...

Pourquoi avait-elle agi ainsi ? *Pourquoi ?*

Cette question, voilà cinq jours qu'elle se la posait sans relâche. Et le prélude de Chopin qui résonnait dans la cabine ne l'aidait nullement à trouver la réponse, jusqu'ici en tout cas, aucune réponse qui lui ôte toute envie de sauter de l'hélicoptère pour plonger dans l'immensité bleue qu'ils survolaient !

Elle se rapprocha de nouveau du hublot. De toute façon, aussi absurde que soit cette idée, il était trop tard pour quitter l'appareil, qui était maintenant sur le point de se poser. En dessous d'eux se dessinait la silhouette d'un superbe yacht blanc qui, à cette distance, ressemblait à un iceberg.

Prise de tremblements, elle inspira plusieurs fois pour tenter de retrouver un semblant de calme. En vain. Durant le bref séjour à l'hôtel, elle avait pensé que Gabriel avait délibérément conduit le yacht en mer pour insister sur le fait qu'il pouvait l'isoler, lui imposer sa volonté. Elle comprenait à présent que ce n'était pas le cas. Il existait sans doute peu de ports destinés aux bateaux de plaisance assez importants pour accueillir un yacht d'une taille pareille.

— Superbe, n'est-ce pas ?

Elle se tourna vers le pilote et le copilote, qui affichaient sans réserve leur admiration pour l'*Argentum*.

— Et pas seulement magnifique, précisa le copilote. Une proue pareille peut fendre la glace arctique, vous imaginez ?

— Incroyable, fit Dove en souriant machinalement.

C'était là le genre de détail qu'Alistair aurait aimé entendre, et elle imaginait sans mal sa réaction quand elle lui raconterait le voyage par le menu. L'hélicoptère entama alors sa descente vers le bateau et dix minutes plus tard elle enjambait le pont lisse et immaculé. Affolée comme elle l'était, elle avait l'impression d'entendre les battements de son cœur résonner tout autour d'elle.

Elle s'attendait à ce que Gabriel l'accueille – non pas par courtoisie, mais simplement pour déguster sa victoire sur elle –, or ce fut un homme de petite taille aux yeux luisants, vêtu d'un pantalon bleu marine et d'un polo blanc, qui vint à sa rencontre.

— Bienvenue à bord de l'*Argentum*, mademoiselle Cavendish. Je suis Peter Reid, l'intendant en chef de ce bateau. J'espère que vous avez fait bon voyage.

— Oui, je vous remercie, répondit-elle, s'efforçant de sourire et de s'exprimer d'un ton naturel. C'était très… agréable.

— Parfait, c'est ce que nous souhaitions.

Après quoi il se pencha sur la tablette qu'il tenait entre les mains pour y taper quelques mots avant de reporter son attention sur elle.

— Excusez-moi, je procédais à une petite mise à jour. Maintenant, si vous voulez bien me suivre… M. Silva nous attend dans le salon.

Elle lui emboîta donc le pas à travers les couloirs de l'immense embarcation. Son cœur s'était remis à battre très fort. Si fort qu'il couvrait parfois le son de la voix masculine, ne lui permettant de saisir que quelques bribes des propos de l'homme qui l'accompagnait.

— … soixante membres d'équipage… mille huit cents mètres carrés d'espace de vie… entouré de verre à l'épreuve d'explosifs… système de sécurité concernant les empreintes digitales… vingt-quatre mille chevaux, moteur Diesel…

Cela ressemblait davantage à une prison flottante de haute sécurité qu'à un bateau, songea-t-elle, plus angoissée encore qu'à son arrivée par cette description. Comme ils s'arrêtaient devant une porte, l'homme se tourna vers elle et hocha la tête en souriant.

— En d'autres termes, nous pouvons échapper à tout en haute mer, y compris aux pirates, bien que ce ne soit pas quelque chose que nous ayons à craindre dans cette région.

Il frappa ensuite très fort à la porte puis l'ouvrit sans attendre de réponse. Comme il s'effaçait pour la laisser passer, Dove se résigna à entrer dans la pièce, dont la porte se referma aussitôt derrière elle. Et elle pensa immédiatement que, tout compte fait, elle préférerait se trouver face à un pirate. Cela la troublerait sans doute moins que la vue de cet homme de dos, qui, au bout du salon, regardait la mer.

Mais cette fois les choses se dérouleraient autrement, songea-t-elle en redressant le menton. Il n'y aurait aucun retour vers le passé, elle resterait calme et se cantonnerait à son rôle professionnel. Ce fut alors qu'il se tourna vers elle, et il ne lui fallut pas plus d'une seconde pour comprendre que la tâche serait des plus ardues.

Cinq jours plus tôt, lorsqu'il avait resurgi dans sa vie, elle avait cherché à se convaincre qu'elle tiendrait bon. Et elle n'avait pas tardé à comprendre qu'elle se trompait.

Elle retint son souffle tandis qu'il avançait lentement vers elle, vêtu d'un pantalon de costume bleu marine et d'une chemise d'un bleu qui rappelait celui de ses yeux.

— Te voilà donc !

Sitôt ces mots prononcés, il s'arrêta devant elle et il lui sembla déceler au fond de ses prunelles une pointe d'admiration, voire de respect. Ce fut toutefois très bref. L'instant suivant, il tendait le bras vers un fauteuil, l'invitant à s'y installer. Elle prit place sur le confortable siège couvert d'un épais coton rayé et regarda autour d'elle. Le salon était simple et élégant, d'un style plutôt moderne, doté de trois baies vitrées avec vue sur la mer. Rien de comparable à la salle de réunion de Cavendish et Cox, appelée « salle de guerre », mais la tension y était aussi palpable que sur un champ de bataille.

— Je me demandais si c'était toi qui viendrais ou si tu déléguerais plutôt un des employés du cabinet.

Il y avait dans sa voix une alliance de froideur et de douceur qui la décontenança un peu plus encore. Et elle fut envahie par quelque chose dont la nature exacte lui échappait. Était-ce de la colère, de l'appréhension, de la confusion ?

Ce n'était pas elle qui avait demandé à son père d'aller trouver Gabriel, cette fameuse fois, six ans auparavant. C'était Oscar qui avait voulu le défier afin de chercher à connaître ses véritables intentions. Elle n'avait jamais su comment il avait eu vent de leur relation, et à vrai dire cela ne lui avait pas semblé très important. Elle ne se souciait pas non plus vraiment, maintenant, de ce que Gabriel avait pu penser – par erreur – à ce moment-là. Ce qui comptait en revanche, c'était la façon dont il lui avait menti tout au long de leur relation en lui faisant croire qu'il l'aimait.

Le menton relevé, elle posa sur lui un regard dur et déclara :

— Une fois que je me suis engagée, je ne change pas d'avis, Gabriel… à l'inverse de toi !

— Pas mal, comme tentative, répliqua-t-il avec un sourire narquois. Mais nous connaissons tous les deux le motif réel de ta présence ici aujourd'hui : tu es venue uniquement par crainte que je ne mette mes menaces à exécution.

Ces mots firent à Dove l'effet d'une douche froide. Il allait donc falloir qu'elle se tienne sans arrêt sur ses gardes à partir de maintenant ? Ce serait terriblement pénible et elle n'était pas certaine d'avoir la force de supporter pareille situation.

Si, elle allait en être capable, bien sûr.

Sa formation en tant qu'avocate l'y avait préparée, tout comme les années passées auprès de ses parents, Oscar et Olivia Cavendish.

— Tu ne me fais pas peur, déclara-t-elle d'un ton ferme.

Et elle ne mentait pas, elle n'avait plus rien à craindre,

désormais. Dans la mesure où elle l'avait rejoint sur l'*Argentum*, Alistair et le cabinet ne couraient plus aucun risque. Mais force lui était d'admettre que tout danger n'était pas écarté pour autant. Partager cet espace avec Gabriel Silva pendant une durée indéterminée n'en manquait pas, de danger.

Comme pour confirmer sa pensée, son regard fut alors attiré par le triangle de peau dorée que découvrait le col de sa chemise.

Arrête ! C'était un simple baiser, ne replonge pas ainsi dans le passé !

Le souvenir de ce baiser échangé dans les locaux de Cavendish et Cox suffit cependant à lui procurer une sensation de chaleur dans tout le corps.

Sans cesser de la dévisager, Gabriel haussa un sourcil.

— Voyons, laisse-moi deviner ce que tu t'apprêtes à m'annoncer. Tu vas maintenant me dire que, dans le cadre de tes fonctions au cabinet, tu as déjà eu affaire à des clients plus exigeants et difficiles que moi, c'est bien ça ?

— Je ne te considère pas comme un client, répliqua-t-elle sur-le-champ, refusant de se laisser impressionner par ses allures de grand chef à qui rien ni personne ne résistait. Pour moi tu n'es ni plus ni moins qu'une brute qui cherche par tous les moyens à imposer ses décisions ! Un homme riche, dénué du moindre scrupule. Un individu qui utilise sa position financière pour arriver à ses fins, pour obtenir ce qu'il veut par quelque moyen que ce soit.

Il serra les mâchoires et elle vit le bleu de ses yeux s'obscurcir. Le silence meubla la pièce pendant les instants qui suivirent. Un silence pesant, chargé de sous-entendus.

— Pas uniquement ce que *je* veux, dit-il enfin, insistant sur le « je ». À moins que tu n'aies oublié ce qui s'est produit il n'y a pas bien longtemps, dans la salle de réunion de Cavendish et Cox ?

Le silence s'installa de nouveau autour d'eux tandis qu'ils se dévisageaient. Sous ce regard insistant, Dove avait l'impression que l'air se raréfiait dans la pièce. Difficile de prétendre le contraire de ce qu'il laissait entendre. En effet, elle avait largement participé à cet échange entre eux – et, comble de malheur, elle se sentait prête à fléchir si l'occasion se représentait. Ce tête-à-tête qui ne faisait que commencer mettait ses nerfs à rude épreuve.

Il suffirait qu'il se rapproche, qu'il tende la main vers elle...

Bien plus troublée qu'elle ne l'aurait voulu, elle s'éclaircit la voix et posa les bras sur les accoudoirs du fauteuil, cherchant ainsi à se donner une contenance. Comment était-il possible que cet homme lui fasse encore un tel effet ? Après ce qui s'était produit, ce qu'elle avait enduré, ce qu'il lui avait coûté de se rétablir et de continuer d'avancer en laissant le passé derrière elle.

— Non je n'ai pas oublié, répliqua-t-elle. Mais j'imagine que ça ne devrait pas tarder...

Les mots s'étaient bousculés dans sa tête, dans sa bouche. Elle avait parlé vite, trop vite. Et à l'éclat de son regard elle comprit aussitôt qu'il ne la croyait pas. Comment le lui reprocher, alors qu'elle ne se croyait pas elle-même ?

Soudain elle fut prise de vertige. Voilà donc ce que serait sa vie pendant tout le temps que durerait l'acquisition de Fairlight Holdings ?

— Pourquoi chercher à te voiler la face, Dove ? reprit-il plus bas, d'une voix qui la fit frissonner. Pourquoi refuser d'admettre que tu me désires toujours ?

Elle retint son souffle et se figea, espérant qu'il ne franchirait surtout pas la distance qui les séparait, qu'il ne tendrait pas la main vers elle. Le simple contact de ses doigts sur sa peau avait toujours provoqué en elle une réaction intense, où qu'ils se trouvent. Les joues en feu, elle s'employa à ne rien montrer du trouble profond qui s'emparait d'elle. Et ce fut avec une froide assurance qui la surprit elle-même qu'elle répondit :

— Il y a bien longtemps que cette histoire est terminée, Gabriel, donc je suggère que nous la laissions derrière nous. Tu payes mes services en qualité d'avocate, n'est-ce pas ? Je ne voudrais pas que tu gaspilles ton argent… d'autant plus que c'est ce qui compte le plus au monde pour toi !

Cette fois encore, le silence s'installa. Un long silence pesant, durant lequel ils s'observèrent, immobiles, et qu'il finit par rompre.

— Et qu'y a-t-il de plus important ? rétorqua-t-il avec un petit haussement d'épaules.

Dove cligna des paupières. Il n'y avait aucune raison pour que cette remarque ait sur elle un tel impact, mais elle sentit les muscles de son corps se raidir. Une bouffée de haine l'assaillit et elle eut du mal à refouler les mots durs qui lui venaient aux lèvres. Elle y parvint cependant et, se rappelant sa décision de ne pas évoquer le passé, s'empressa de changer de sujet.

— Bien, concernant Fairlight Holdings, qu'as-tu prévu ? lui demanda-t-elle d'un ton aussi neutre que possible.

Pendant les secondes qui suivirent, il la détailla de pied en cap.

— Nous commencerons à élaborer une stratégie demain après le petit déjeuner, lui répondit-il enfin. Des membres de mon équipe ont déjà rassemblé bon nombre d'informations sur la clientèle, les finances et autres aspects de cette entreprise. Une copie imprimée sur papier a été déposée dans la suite que tu vas occuper. Tu peux commencer à l'examiner.

Elle hocha la tête, se réjouissant que leur conversation prenne cette tournure professionnelle. Si elle réussissait à ne pas s'écarter de ce sujet, à l'origine de sa présence sur l'*Argentum,* elle sortirait peut-être indemne de cette aventure dont elle se serait volontiers passée.

— Le reste de l'après-midi t'appartient, précisa-t-il, libre à toi de l'occuper comme bon te semble.

Puis il marqua une brève pause et, son regard bleu rivé au sien, ajouta :

— Ce soir nous dînerons ensemble, toi et moi.

Tous les deux ?

La gorge nouée, elle le fixa. Avait-elle bien entendu ? Un dîner en tête à tête avec Gabriel, en pleine mer, sous un ciel constellé d'étoiles.

— Que veux-tu dire par « toi et moi » ? lui demanda-t-elle d'une voix tendue. Je pensais que ton équipe était là.

— Eh bien, tu t'es trompée, elle n'arrivera que demain. Donc, comme je viens de te le dire, nous dînerons ensemble ce soir, toi et moi.

Son cœur se mit à battre la chamade. C'était impossible !

— Je n'ai vraiment pas très faim, objecta-t-elle, donc je pense que je me passerai très bien de dîner.

Ce qui s'était produit à Londres était très récent et elle ne tenait nullement à se retrouver dans une situation identique. Quelle que soit la durée de son séjour sur ce yacht, elle s'efforcerait de se tenir à distance de Gabriel, de fuir toute sorte de tentation.

— Marco est un chef reconnu, insista-t-il. Deux étoiles au guide Michelin. Je suis sûr qu'il saura concocter un menu qui te plaira.

— Je n'en doute pas, mais je ne veux pas dîner avec toi ! asséna-t-elle, peinant à refouler le mélange de colère et de panique qui la submergeait.

Elle était consciente de commettre une erreur, d'en dire trop, mais elle ne pouvait pas se contrôler. Dans un premier temps, Gabriel ne réagit pas. Le soleil qui commençait à baisser dans le ciel baignait ses épaules d'une lumière dorée, le rendant plus attirant encore. Il fit alors un pas dans sa direction et elle eut du mal à ne pas se lever pour se précipiter vers la porte.

— Je m'en fiche ! lança-t-il.

Ce fut le ton sur lequel il venait de s'exprimer, bien plus que les mots eux-mêmes, qui la fit tressaillir. Un ton brutal, glacial, autoritaire. Résolue à ne rien laisser paraître de sa réaction, elle lâcha un petit rire sec et répliqua :

— Vraiment charmant ! D'abord des menaces et maintenant un manque absolu d'empathie. Ça ne me surprend pas que tu doives avoir recours au chantage pour que les gens acceptent de travailler pour toi.

Il se rapprocha encore et se pencha légèrement vers elle. Tétanisée, elle retint sa respiration tandis qu'il plantait dans les siens ses yeux d'un bleu intense.

— Je ne sais pas comment vous fonctionnez chez Cavendish et Cox, Dove. Peut-être que ton simple nom de famille suffit à impressionner les gens, qui se montrent indulgents envers toi. Mais sache que ça ne va pas se passer comme ça, ici.

L'azur de son regard, toujours posé sur elle, était aussi profond que celui de la mer quand il poursuivit :

— Je n'ai ni le temps ni la patience nécessaire pour me lancer dans des mises en scène théâtrales. Si je te dis que nous dînons ensemble, j'attends de toi que tu me demandes où et quand, rien de plus. Ce sera donc à 20 heures, sur le pont principal. Les stewards t'indiqueront où il se trouve.

Il marqua une brève pause, durant laquelle il ne cessa de la dévisager.

— Je finirai par un conseil, voire un avertissement. Mieux vaudra éviter toute manifestation inutile de mauvaise humeur ou de défi. Les enjeux sont trop élevés.

Pétrifiée, elle ne souffla mot tandis qu'il tournait les talons et regagnait la fenêtre.

— Ah, et n'oublie pas de fermer la porte en repartant !

4

Une fois installée dans la suite qui lui était attribuée, Dove se laissa tomber sur une chaise. De l'eau en carafe se trouvant à sa disposition, elle s'en versa un verre qu'elle but d'une traite.

Elle était habituée à la confrontation... Le mariage de ses parents ne s'était pas simplement avéré des plus malheureux, il s'était apparenté à une zone de conflit. Des disputes les opposaient chaque jour, parfois dès le matin à la table du petit déjeuner, et elles se poursuivaient souvent jusque tard dans la nuit.

Tous deux auraient volontiers divorcé, mais Olivia avait englouti son héritage dans les propriétés des Cavendish et Oscar, trop paresseux pour engager une procédure, avait laissé la situation s'envenimer jusqu'à un point de non-retour. Dove s'était évertuée à négocier les cessez-le-feu entre eux en agissant en qualité d'intermédiaire.

En d'autres termes, ce n'était pas la première fois qu'elle serrait les dents, gardait son calme et adoptait une attitude neutre, imperturbable.

Baissant les yeux sur ses mains jointes, elle prit une profonde inspiration. En réalité, elle ressentait une grande agitation intérieure et une fatigue semblable à celle d'un soldat revenant des tranchées. Et elle anticipait déjà avec horreur l'idée de devoir à nouveau affronter l'ennemi, et ce dans un avenir proche.

Un ennemi qui exerçait sur elle une attirance contre laquelle elle craignait de ne pas être en mesure de lutter.

Alors qu'elle cherchait une solution à ce cruel dilemme, la sonnerie de son portable la tira de cette réflexion. Ses bagages ayant été déposés dans sa chambre, elle les fouilla pour en extraire son téléphone. Un coup d'œil sur l'écran lui permit de découvrir que sa mère cherchait à la joindre.

— Hello, maman... Qu'y a-t-il ?

— Rien, ma chérie. Je voulais m'assurer que tu étais arrivée à bon port.

Dove prit place sur le lit après s'être débarrassée de ses escarpins.

— Je t'ai envoyé un message hier.

— Je sais... Tu disais te trouver à l'hôtel. Mais, comme tu devais t'envoler pour gagner le yacht aujourd'hui et que j'étais sans nouvelles, je voulais vérifier que tout allait bien. Je n'ai jamais aimé les hélicoptères. Surtout après ce qui est arrivé à ce pauvre Roddy Conroy.

— Il volait en deltaplane, maman, pas en hélicoptère.

Il y eut un moment de silence, puis le rire de sa mère résonna à son oreille.

— Ah oui, c'est vrai, admit cette dernière.

Dove se mit à rire elle aussi. Il y avait longtemps qu'elle n'avait pas entendu sa mère aussi joyeuse.

Le visage de son père lui revint en mémoire et elle ressentit une pointe de culpabilité. Elle avait aimé ses deux parents, mais son père n'encourageait pas les élans d'affection. Dans la sphère publique Oscar déployait beaucoup de charme, mais dans le privé cela se produisait rarement. Personne n'en avait souffert autant que sa mère, qui appréhendait que sa fille connaisse un jour le même sort.

Voilà pourquoi Dove lui avait caché la douloureuse expérience qu'elle avait vécue avec Gabriel. Comme elle avait menti à Gabriel à propos de ses parents.

De son côté, il évoquait rarement sa famille, mais toujours avec tendresse, et lui avait montré quelques photos sur son téléphone. Ces clichés représentant des personnes souriantes, bien dans leur peau, lui avaient permis de mesurer à quel point ses propres parents étaient différents. Accablée, honteuse, elle n'avait jamais révélé le rôle qu'elle avait endossé auprès d'eux. Un mensonge dans lequel elle s'était enferrée jusqu'à ce que leur relation arrive à son terme.

— Tout va bien, assura-t-elle à sa mère.

Ce n'était pas tout à fait un mensonge, songea-t-elle en embrassant du regard le décor qui l'entourait dans cette cabine luxueuse qui offrait une vue imprenable sur la Méditerranée.

— Génial ! Alistair est ravi. Alors dis-moi, ma chérie, à quoi ressemble ce Gabriel Silva ?

La question tourna en boucle dans sa tête un long moment une fois sa conversation avec sa mère achevée.

L'image de Gabriel, chaque fois qu'elle se la représentait, lui envoyait des ondes torrides dans tout le corps. Elle aurait aimé le haïr, sans y parvenir totalement. Quelque chose en lui l'attirait et elle savait que ce sentiment était partagé. Malgré l'implosion de leur relation, quelque chose avait survécu...

C'était insensé mais incontrôlable. L'attirance sexuelle ne s'expliquait pas de manière scientifique, ne poursuivait aucune logique, dépassait la raison, occultait la douleur, voire la trahison.

Comment lutter, alors ?

Peut-être n'existait-il aucun remède à part contrôler chacune de ses réactions dès lors qu'elle sentait le désir s'immiscer en elle. Et se concentrer sur la mission qui était la sienne, à savoir l'acquisition que lui avait confiée Gabriel.

Si elle voulait surmonter cette épreuve, elle allait devoir garder la tête froide.

Et elle y parviendrait, résolut-elle.

De l'eau avait coulé sous les ponts ces six dernières années. Elle avait survécu à la pire des épreuves, avait remonté la pente. Et même si le charme de Gabriel exerçait encore sur elle un effet dévastateur elle lutterait bec et ongles pour qu'il ne s'en aperçoive pas. Elle lui cacherait ses sentiments, comme il les lui avait cachés autrefois.

Les yeux rivés sur le bleu indigo de la mer, Gabriel exhala un long soupir. Le bruit des vagues le berçait. Il se sentait comme en apesanteur. À bord de son yacht, il oubliait les épreuves qu'il avait endurées, parvenait même à les pardonner. Les portes claquées devant son visage appartenaient à un lointain passé.

Alors qu'il concentrait son attention sur le soleil qui déclinait à l'horizon, un lointain souvenir lui revint en mémoire. Après avoir subi l'effroyable rejet de la part de Dove, il s'était envolé seul pour l'Amérique, laissant derrière lui tout ce qui pouvait lui rappeler son passé.

Et vivre quelque temps au milieu d'étrangers avait fonctionné ; personne n'avait décelé en lui l'humiliation qui lui collait à la peau. Seuls ses parents et ses frères et sœurs avaient noté le changement qui s'était opéré en lui à son retour. Sa mélancolie ne leur avait pas échappé.

Heureusement, il était parvenu à la tenir à distance en se concentrant sur le travail.

Toutefois, il n'avait jamais réussi à oublier les deux femmes qui l'avaient rejeté aussi brutalement, aussi froidement. Ni à leur pardonner. Et quand l'occasion de se venger d'elles deux s'était présentée il avait mis au point un plan diabolique qui allait lui permettre de faire d'une pierre deux coups.

Jetant un coup d'œil à sa montre, il constata que l'heure du repas avait déjà sonné. Peu lui importait d'obliger Dove à l'attendre. Ne l'avait-elle pas, six ans plus tôt, abandonné à son sort dans ce bar d'hôtel pendant plus de deux heures ?

Il sentit son cœur se serrer à ce souvenir. Il se rappelait les regards obliques que lui jetaient les serveurs pendant qu'il consultait sa messagerie dans l'espoir de recevoir des nouvelles de Dove. L'appréhension qu'il avait ressentie, la panique, puis le choc quand Oscar Cavendish s'était matérialisé devant lui.

Une scène identique s'était produite un an avant cet épisode, avec sa mère biologique, Fenella Ogilvy. Dans un autre bar d'hôtel. Avec un émissaire différent. Mais des propos semblables lui avaient été tenus. On lui avait offert de l'argent pour qu'il disparaisse à jamais.

Deux événements qui l'avaient atterré, dévasté, le second encore plus que le premier. Car, de Fenella Ogilvy, il ne connaissait que le nom, alors que Dove et lui avaient entretenu une relation passionnée, du moins le croyait-il...

Après un dernier regard sur l'immensité de la mer, il retourna dans sa suite.

Quand il en ressortit, il vit que Dove l'attendait sur le pont. Il en ressentit une immense satisfaction. Il l'observa tandis qu'elle scrutait la Méditerranée. La confrontation qui les attendait le remplissait de joie, un sentiment qu'il n'avait pas éprouvé depuis longtemps. Pour la première fois depuis des années, il se sentait vivant.

— Bonsoir, monsieur Silva.

— Bonsoir, Hélène.

Ces salutations entre l'hôtesse et Gabriel attirèrent l'attention de Dove, qui se tourna dans leur direction. Elle portait une robe grise très simple et sans manches qui lui allait à la perfection. Gabriel la contempla longuement, avidement. Elle incarnait la séduction comme aucune autre femme. Des courbes ravissantes, un port de tête d'une élégance inégalée, un visage aux traits délicats, des cheveux d'or lui donnant une allure de déesse. Gabriel sentit son pouls s'accélérer. Des images du passé revinrent le hanter. La manière dont elle fermait les yeux quand il l'embrassait dans le cou, les gémissements qui franchissaient ses lèvres quand il la caressait, les étreintes passionnées qui les réunissaient...

— Désirez-vous un apéritif, monsieur Silva ?

Il reporta son attention sur Hélène.

— Non merci, nous allons nous asseoir. Mademoiselle Cavendish, vous joindrez-vous à moi ?

Dove lui adressa un sourire glacial tout en hochant la tête.

— Bien sûr.

Une fois qu'elle fut installée face à lui, il la vit se servir un peu d'eau.

— Un verre de vin te ferait-il plaisir ? demanda-t-il quand l'hôtesse les eut laissés seuls.

— Non merci.

— Comment trouves-tu ta suite ? J'espère qu'elle te convient.

— Elle est parfaite... merci.

Elle s'était exprimée d'une voix douce, mais la manière dont elle se tenait racontait une tout autre histoire. Son corps paraissait figé dans la glace.

Cette posture rigide l'irrita. Plus tôt elle avait tenté d'échapper à ce repas en tête à tête, et à présent manifestait le peu de plaisir que lui procuraient ces retrouvailles.

Alors qu'il allait l'interroger sur son attitude, l'hôtesse se présenta à leur table.

— Aujourd'hui, nous vous proposons une salade à base de roquette, de fèves et de pecorino, assaisonnée d'une vinaigrette au champagne. Bonne dégustation.

— Merci, répondit Dove.

Alors qu'elle s'adressait à l'hôtesse, son regard s'était adouci et avait perdu de sa fixité. Cette métamorphose éblouit Gabriel. Puis il se rappela la manière froide dont elle l'avait accueilli et se rembrunit. Il aurait aimé la voir sourire comme autrefois, quand il croyait à son amour...

Quand il pensait compter à ses yeux...

Lorsque l'hôtesse disparut, il demanda :

— Pourquoi as-tu changé d'avis ?

Elle leva le menton, interdite.

— À quel sujet ?

— Tu voulais devenir avocate pénaliste. Pourquoi ce changement de cap ?

Elle se mordilla la lèvre, puis haussa les épaules.

— J'ai grandi. Un pénaliste aime faire valoir son point de vue, argumenter. Or, j'ai eu mon lot de...

Elle s'interrompit et détourna un instant les yeux avant de se reprendre :

— Ce que j'essaye de dire, c'est que je préfère l'orientation que j'ai prise. J'aime résoudre les problèmes, me focaliser sur les détails, la rigueur académique que requiert la réussite d'une acquisition me plaît beaucoup.

La rigueur académique... Des termes qui ne l'étonnaient pas dans sa bouche. Dove avait d'autres qualités que son physique exceptionnel.

Quand le café leur fut servi à la fin du repas, le personnel de bord se retrancha dans ses quartiers, les laissant seuls en tête à tête. Gabriel avait connu des magnats des affaires, propriétaires de yachts, qui imposaient à leur équipage de rester sur le pont jusqu'à ce que tous les invités aient regagné leurs cabines, une attente qui pouvait se prolonger parfois jusqu'à l'aube. Mais une fois parvenu au summum de sa carrière il s'était promis de ne jamais adopter de tels comportements et de traiter son personnel avec humanité et respect.

Bien sûr, s'il avait besoin de quoi que ce soit, il lui suffisait de composer un numéro pour qu'un steward réponde aussitôt à sa demande.

Il porta la tasse à ses lèvres tout en observant Dove. Si on lui avait laissé le choix, cette dernière aurait sans doute refusé qu'on lui serve un café, mais l'hôtesse avait déposé deux tasses sur la petite table du salon attenant. Ils s'étaient donc levés pour s'y installer. Seul Gabriel s'était assis. Demeurée debout, Dove semblait contempler un autre yacht amarré à distance du leur. Ou peut-être regardait-elle les étoiles. Celles-ci brillaient de mille feux ce soir.

Dove aussi, songea-t-il soudain en admirant son ravissant profil. Elle avait réuni ses longs cheveux blonds en un chignon souple, dont quelques mèches s'échappaient librement. Les perles autour de son cou brillaient au clair de lune et lui donnaient encore plus l'allure d'une déesse mythologique.

Soudain, elle se tourna vers lui.

— J'ai lu le rapport, lui dit-elle.

Il lui adressa un regard perplexe. *Quel rapport ?*

Comme si cette question s'était inscrite en lettres capitales sur son visage, elle fronça les sourcils.

— Tu avais suggéré de prendre connaissance du dossier, ce que j'ai fait. Quelle que soit la personne qui l'a monté, elle mérite des félicitations. Elle a effectué un excellent travail.

Il se leva de son siège et vint la rejoindre.

— C'est bon à savoir. Le chantage que j'exerce sur les personnes qui travaillent pour moi me permet d'obtenir de très bons résultats.

Il la vit rougir et secouer la tête.

— Je sais que ce n'est pas vrai. J'ai rencontré ton personnel. Aucun de tes employés ne porte un jugement négatif sur toi. Au contraire.

— Tu as l'air surprise.

Il étudia son profil, laissant ses yeux dériver sur son cou.

L'envie de défaire son chignon et de voir ses cheveux tomber souplement sur ses épaules le démangeait, mais il la contint.

— Comment pourrais-tu m'en blâmer ? objecta-t-elle en tournant son regard vers lui. Ma présence ici s'explique uniquement par la crainte que je ressens à l'idée que tu ne mettes ta menace à exécution.

Gabriel se raidit. Une intense chaleur se propagea dans tout son corps. Une chaleur presque suffocante et chargée d'électricité.

— Mais tu n'as pas peur de moi, n'est-ce pas ? demanda-t-il d'une voix un peu rauque.

Il la vit écarquiller les yeux et leurs regards se soudèrent pendant un moment qui lui parut durer une éternité. Son cœur battait la chamade, mais le charme fut rompu lorsque Dove détourna les yeux.

Avisant la chair de poule apparue sur ses bras, il demanda :

— Tu as froid ?

Sans attendre de réponse, il se défit de sa veste et la drapa sur les épaules de la jeune femme.

— Ça va, je n'ai pas besoin de ta veste, protesta Dove.

— Et en plus tu trembles, ajouta Gabriel en maintenant le vêtement en place sur ses épaules.

— Toi aussi...

À sa grande stupeur, Gabriel constata que Dove disait vrai. Les yeux plantés dans les siens, il luttait contre le désir de serrer la jeune femme dans ses bras. Statufiés, les deux jeunes gens se scrutaient intensément. Dove fut la première à céder à la tentation. Levant le menton, elle posa les lèvres sur celles de Gabriel dans un baiser d'une douceur exquise qui ne ressemblait en rien à celui qu'ils avaient échangé à Londres. Toute leur animosité réciproque semblait s'être évanouie, laissant place au ravissement des sens. Gabriel l'enveloppa dans ses bras, savourant les courbes de ce corps pressé contre le sien.

Quand elle s'écarta pour respirer, il prit son visage entre les mains puis happa à nouveau ses lèvres, avec une urgence qui le surprit, comme s'il craignait que la magie ne cesse. Dove s'abandonnait au plaisir de l'instant. Quand il l'embrassa dans le cou, elle répondit par un faible gémissement qui décupla son désir. La soulevant de terre, il la déposa sur le sofa et prit place entre ses cuisses, sa bouche toujours soudée à la sienne. Les bretelles de la robe ayant glissé sur ses épaules, libérant un sein gorgé de sève, il le prit entre ses lèvres et se mit à le lécher. Dove tremblait de tous ses membres. Ils échangeaient des caresses de plus en plus appuyées, de plus en plus explicites. La perte de contrôle le guettait…

C'est alors que la voix d'Oscar parvint aux confins de sa confiance.

« Vous savez à quel point il est facile de perdre la tête dans l'excitation du moment. La situation lui a échappé, ce n'était pas intentionnel, elle est mortifiée. »

Gabriel s'étant raidi, Dove leva les yeux vers lui.

— Qu'y a-t-il ?

Serrant les dents et ignorant la question qui venait de lui être posée, Gabriel s'écarta de Dove et quitta le sofa.

Totalement interdite, elle le regarda s'éloigner. Elle tremblait de tout son corps, haletait, brûlait encore de désir pour cet homme qui savait si bien exalter ses sens. Mais ce dernier ne la touchait plus, lui tournait le dos.

— Mieux vaut nous arrêter là, finit-il par laisser tomber d'un ton lugubre.

— Nous arrêter là ? répéta-t-elle en écho.

Quand il se tourna vers elle pour la fusiller du regard, elle se sentit frémir.

— Nous commencerons tôt demain matin et, si nous

voulons nous assurer de la réussite de cette acquisition, mieux vaut que nous évitions toute distraction.

— C'est ainsi que tu qualifies ce que nous venons de partager... une distraction ?

Totalement déboussolée, Dove secoua la tête. Comment pouvait-on embrasser quelqu'un de la sorte, puis se métamorphoser en une statue de glace ? Souffler le chaud et le froid sans le moindre état d'âme ?

C'est alors que la raison reprit le dessus dans son esprit. Elle venait d'autoriser Gabriel à se comporter exactement de la même manière que six ans plus tôt.

— Après ce qui s'est produit à Londres, nous avions sans doute besoin d'évacuer... quelque chose, finit-il par déclarer.

Il s'interrompit pour la fixer du regard, puis reprit :

— Voilà qui est chose faite. Donc, oui, il s'agissait d'une distraction. À présent, nous pouvons nous concentrer sur le travail qui nous attend. C'est la seule chose qui compte.

— La seule chose qui compte...

— C'était plaisant, je ne le nie pas, comme peut l'être une distraction sans importance. Tu devrais le comprendre plus que n'importe qui d'autre, non ? Ne le prends pas personnellement.

Elle se releva d'un bond, puis réajusta fébrilement les bretelles de sa robe. Sa peau brûlait sous ses doigts, des tremblements incontrôlables agitaient tous ses membres. L'horreur de la situation venait de la replonger dans un passé qu'elle aurait aimé oublier.

— Je te reconnais bien là, dit-elle d'une voix hachée. Tu déformes la réalité afin qu'elle réponde à tes objectifs.

— Je ne déforme rien du tout, protesta-t-il, la mine sombre. Tu n'aimes pas assumer la responsabilité de tes actes.

Ils se faisaient face à présent, tendus à l'extrême, les traits figés.

— Mes actes ? répéta-t-elle lentement, stupéfiée par ce qu'elle entendait.

Les poumons en feu, elle rétorqua :

— Je ne suis coupable de rien du tout.

— Ah bon ? Parce que tu as envoyé ton snob de père faire le sale boulot à ta place ? Quelle hypocrisie !

— Tu n'es qu'un imposteur.

— Au moins, je reconnais mes erreurs.

— Si par « erreur » tu veux dire notre relation, tu ne reconnais rien du tout. Tu t'es enfui comme un lâche.

— Peut-être, mais je n'ai pas demandé à mon petit papa de s'excuser à ma place !

— Je n'ai rien demandé à personne !

— Allons donc. Envoyé, mandaté. Quelle différence ? Tu cherches juste à rejeter la faute sur quelqu'un d'autre !

— Tout ce que tu as su faire, c'est accepter des pots-de-vin. Tu as pris l'argent de mon père.

— Et alors ? Tu pensais valoir davantage ?

Une vague de fureur la saisit.

— Je pourrais te poser la même question, Gabriel. C'est toi qui as été payé, après tout. C'est toi qui as défini la valeur de notre relation et de ton rôle dans celle-ci.

Même si son expression demeurait indéchiffrable, Dove comprit que son propos avait porté. Les mâchoires serrées de Gabriel le prouvaient.

— Qu'aurais-je pu faire d'autre, Dove, puisque mon sort était scellé ?

Leurs regards se soudèrent pendant un long moment, puis Gabriel tourna les talons, la laissant seule sur le pont. Toute sa colère s'était envolée, laissant place à un chagrin incommensurable, une douleur qui lui étreignait la poitrine. Le calme succédait à la tempête. Elle avait l'impression d'avoir essuyé une tornade. Telle une tragédienne, elle demeurait seule sur la scène, tandis que les autres acteurs avaient tous quitté le théâtre.

Tous sauf elle.

Elle était encore là, seule, abandonnée... à nouveau.

Tremblant de tous ses membres, elle se laissa tomber sur le sofa où reposait encore la veste de Gabriel. Elle lutta contre l'envie de la saisir et de la serrer contre elle, et plongea le regard dans l'immensité de la mer, immense miroir noir reflétant ses pensées les plus sombres.

5

— Café ?

— Oui, merci, Chris.

Levant les yeux de son écran d'ordinateur, Dove sourit et accepta la tasse que lui tendait l'analyste dégingandé. Elle aimait bien Chris. Un jeune homme poli, serviable, rigoureux et concentré. Comme les autres membres de l'équipe Silva, il excellait dans son métier et tous voyaient en leur patron un homme remarquable.

Jetant un coup d'œil vers l'endroit où ce dernier se tenait, elle contempla le magnifique profil qu'il lui offrait et sentit sa gorge se nouer. Elle travaillait sur l'acquisition depuis cinq jours et avait compris très vite pourquoi la société connaissait une réussite stratosphérique. Ce n'était pas dû uniquement à la remarquable intelligence de Gabriel, mais aussi à sa clairvoyance. Malgré la complexité des processus en jeu, il savait rendre les choses simples et connaissait les forces et faiblesses de chacun des membres de son équipe.

Une chose était sûre : personne ici n'exerçait son métier sous la menace d'un chantage. Au contraire, les employés auraient probablement accepté de travailler pour Gabriel gratuitement.

Aucune des sept femmes et aucun des cinq hommes assis autour de la grande table de travail n'avait de critique à formuler sur son patron. Plusieurs parmi eux avaient fait part à Dove de la gratitude qu'ils éprouvaient à l'égard de cet homme formidable qui avait su les faire grandir au sein de la société.

Même aux yeux d'un observateur critique comme elle, il était évident que Gabriel encourageait ses équipiers à faire preuve d'initiatives, développait leur fierté et leur sentiment d'appartenance. Sa manière de diriger donnait d'excellents résultats. Qui plus est, l'équipe entière croyait au bien-fondé de cette acquisition.

Tous sauf elle.

Elle avait gardé ses doutes pour elle, mais ne comprenait pas ce qui poussait Gabriel à acquérir Fairlight Holdings. Ce nouveau marché ne cadrait pas avec ses autres possessions.

— Alors, y a-t-il du neuf ?

La question de Gabriel, toujours assis à son poste de travail, la fit sursauter. Son regard bleu intense scannait la grande salle dans l'attente de réponses à sa question.

Comme les membres de l'équipe secouaient la tête en signe de dénégation, Gabriel déclara :

— Très bien. Prenons dix minutes de pause, alors.

L'équipe travaillait de longues heures d'affilée et parfois, pendant les courtes interruptions, Dove s'étonnait de voir Gabriel perdu dans la contemplation de la mer.

Dans ces moments-là, il lui semblait retrouver le jeune homme sérieux rencontré six ans auparavant. Mais la seconde d'après elle avait l'impression d'avoir affaire à un étranger. Un étranger extrêmement séduisant. Un homme qu'elle avait aimé sans réellement le connaître.

Était-il réellement possible d'aimer une personne dont on ignorait tout ? Probablement, puisque tout ce que Dove savait de lui c'était son nom et le métier qu'il exerçait à cette époque.

Pendant toute la durée de leur relation, ils s'étaient peu confiés l'un à l'autre, par mesure de prudence sans doute.

Leur attirance mutuelle les avait toutefois réunis et ils avaient passé tout l'été au lit, à se caresser, à s'écouter respirer, à faire l'amour.

Encore et encore.

Avec une urgence renouvelée, chaque fois qu'ils se retrouvaient dans l'intimité.

Ils s'accrochaient l'un à l'autre comme à une bouée de sauvetage.

Dove sentit son cœur battre follement dans sa poitrine. Quelques nuits plus tôt, ils auraient renouvelé l'expérience si Gabriel n'avait pas mis un terme à leur étreinte.

D'une main tremblante, elle porta la tasse de café à ses lèvres et en avala une gorgée brûlante.

— Aïe ! s'exclama-t-elle en grimaçant.

— Tout va bien ? s'enquit Chris avec une lueur inquiète dans le regard.

— Oui, oui, le rassura-t-elle avec un sourire. C'est ma faute. D'habitude, j'ajoute un peu de lait, mais là j'ai oublié de le faire.

Comme elle pressait un doigt sur ses lèvres meurtries, elle surprit le regard de Gabriel braqué sur elle. Pendant un long moment, ils se fixèrent, puis Gabriel se retourna pour s'adresser à Carrie Naylor.

Leur échange muet n'avait duré que quelques secondes, mais Dove en ressentait encore l'effet. Comme s'il s'était agi d'une caresse…

Prenant une longue inspiration, elle contempla le dos qu'il lui offrait à présent. Si seulement, en fermant les yeux, elle pouvait faire disparaître cet homme de sa vue. Hélas, après quatre nuits agitées, qu'elle soit éveillée ou endormie, l'image de Gabriel demeurait gravée sur sa rétine. Elle n'arrêtait pas de penser à lui.

Avisant le tremblement de ses mains, elle les pressa entre ses genoux pour calmer l'agitation qui l'habitait tout entière.

Elle se sentait en manque, comme une droguée. Même après six ans d'abstinence, il avait suffi d'un baiser à Londres pour que la magie opère.

Le regard rivé sur son écran d'ordinateur, elle repensa à la soirée sur le pont en compagnie de Gabriel. À cette étreinte folle qui les avait réunis. Tous deux s'étaient comportés d'une manière stupide, dangereuse. Pourtant, Dove avait eu l'impression que toutes les pièces du puzzle de leur relation reprenaient leur place originelle.

Comme pouvait-elle penser de la sorte après la cruauté dont Gabriel avait fait preuve ? Pourtant, ce n'était pas ce comportement agressif qu'elle gardait gravé dans sa mémoire, mais plutôt l'expression de son visage, les mots terribles qui avaient franchi ses lèvres quand elle avait évoqué la part qu'il avait jouée dans leur histoire.

« Qu'aurais-je pu faire d'autre, Dove, puisque mon sort était scellé ? »

Son estomac se contracta. Ces mots incompréhensibles la hantaient constamment. Elle n'en comprenait pas et n'en comprendrait sans doute jamais le sens caché, songea-t-elle en jetant un regard vers Gabriel.

Ils ne s'étaient plus retrouvés seuls depuis ce soir fatidique. L'équipe les avait rejoints très tôt le lendemain matin et, à partir de ce moment-là, chacun avait vaqué à ses occupations. Il n'était plus question de discuter, et encore moins de s'embrasser…

Respirant par à-coups, elle pressa les doigts contre ses lèvres pour retrouver un semblant de contenance.

— Je pense que ceci pourrait aider, dit Chris en se penchant vers elle.

Ne l'ayant pas vu approcher, elle sursauta.

— Je vous ai apporté un peu de glace, ajouta-t-il en lui tendant un verre qu'elle accepta volontiers.

— Appliquer de la glace sur une brûlure est le pire des remèdes, intervint Gabriel, qui venait de se matérialiser à leurs côtés.

D'un geste leste, il lui prit le verre des mains.

Prise de panique, Dove écarquilla les yeux. Elle se sentait tendue à l'extrême face à cette apparition qui la déstabilisait.

— La meilleure chose à faire est d'appliquer une compresse fraîche, ajouta-t-il.

Puis, se tournant vers Chris, il demanda :

— Pourrais-tu demander à un steward de nous en procurer ?

Le silence se fit une fois que l'analyste les eut laissés seuls. Dove sentait son sang bouillonner dans ses veines.

— Ce n'est pas la peine d'en faire toute une histoire, finit-elle par maugréer.

Comme les membres de l'équipe les entouraient, Gabriel eut recours au vouvoiement quand il répondit :

— Je crains que cette décision ne vous appartienne pas, mademoiselle Cavendish. Vous vous trouvez à bord de mon yacht et je suis responsable de vous. Je ne voudrais pas qu'Alistair pense que je ne prends pas soin de son associée.

Résistant à l'envie de lui prendre le verre d'eau qu'il tenait entre les mains et de le lui jeter au visage, Dove esquissa un sourire crispé. Puis, avisant au loin les stewards qui disposaient des pâtisseries sur un comptoir, elle ajouta :

— Je peux me débrouiller seule, merci...

Mais Gabriel demeura planté devant son poste de travail, les yeux rivés sur son visage, tandis que les employés gagnaient l'espace détente pour s'y restaurer, les laissant seuls.

— Tu travailles dur, finit-il par dire.

Elle ne s'attendait pas à une telle remarque, mais celle-ci ne révélait rien de personnel. Il s'agissait d'un simple constat.

— Tu pensais que ce ne serait pas le cas ? demanda-t-elle

en plantant son regard dans le sien. J'ai une conscience professionnelle.

En effet, elle travaillait dur, non pas à cause des menaces proférées par Gabriel à Londres, mais parce que l'enjeu de cette acquisition des plus complexes captait toute son attention.

Jetant un regard par-dessus son épaule, elle contempla la porte derrière laquelle elle aurait aimé que Gabriel disparaisse.

— Et, pour ton information, ajouta-t-elle, mon éthique personnelle ne tient pas compte de tes... incitations. Crois-le ou non, tu n'es pas le client le plus exigeant ou le plus difficile auquel j'ai eu affaire.

Pendant un bon moment, Gabriel laissa le silence s'installer entre eux. Un silence qui agaçait Dove, si bien qu'elle reporta son attention sur le visage fermé de son interlocuteur. Ce dernier la regardait intensément, comme s'il cherchait à lire dans ses pensées.

— Je ne sais pas si je dois me sentir déçu ou flatté.

Il accompagna ces mots d'un sourire qui la fit vaciller. Le charme de Gabriel agissait à nouveau sur elle, d'une manière qui la terrorisait.

Leurs regards se soudèrent.

— Opte plutôt pour la déception, maugréa-t-elle, le regard noir. Il ne s'agissait pas d'un compliment, loin de là.

— C'est plutôt toi qui as été déçue.

Abasourdie par ce propos énigmatique, elle se sentit rougir, puis éprouva un immense soulagement quand Chris se matérialisa à leurs côtés.

— Désolé d'avoir pris autant de temps, s'excusa ce dernier. Je me suis un peu perdu en chemin... Désolé, vous aurais-je interrompus ?

Gabriel secoua la tête.

— Pas du tout. Mlle Cavendish et moi-même en avons terminé.

L'heure du déjeuner avait sonné. Gabriel jouait distraitement avec les feuilles de salade dans son assiette. Malgré la qualité des plats servis, il n'avait pas faim. Il ressentait une tension intérieure que rien ne parvenait à apaiser, pas même la douceur du climat ou le soleil qui rayonnait haut dans le ciel.

À l'autre bout de la table, un rire attira son attention. Celui de Dove, qui semblait passer un agréable moment avec ses collègues de travail.

Incapable de résister à la tentation, il darda un regard dans sa direction. Ces cinq derniers jours, il s'était efforcé de l'ignorer, même s'il sentait constamment sa présence. Tout son être la réclamait depuis le moment torride qu'ils avaient partagé sur le pont. Heureusement, la présence quasi constante de son personnel l'avait empêché de courir vers elle et de finir ce qu'ils avaient commencé. Toutefois, même s'il gardait ses distances, Dove demeurait au centre de ses pensées. Où qu'il se trouve, il guettait ses apparitions, contemplait sa silhouette à la dérobée, respirait son parfum quand ils se croisaient.

Et voilà qu'elle passait du bon temps avec d'autres personnes que lui et cela lui était insupportable.

L'obliger à travailler pour lui, l'extraire de sa zone de confort, avait pour but de la déstabiliser, de la punir. Mais le résultat obtenu n'était pas celui qu'il escomptait. C'était plutôt lui qui se sentait puni. Il revoyait sans cesse son air horrifié quand il l'avait repoussée. Son visage pâle, ses grands yeux effarés tandis qu'elle réajustait sa tenue.

Reposant ses couverts sur la table, il agrippa son verre, regrettant qu'il contienne de l'eau et non du vin, ou mieux encore du whisky. Seul un alcool fort aurait le pouvoir d'engourdir ses sens.

Pourquoi s'infligeait-il une telle torture ? Il avait fait valoir son point de vue en entraînant Dove dans cette aventure. À quoi bon la poursuivre ? Il pourrait la congédier, comme elle autrefois. Sauf que, au lieu de faire appel à un intermédiaire, comme Dove ou Fenella, il s'en chargerait personnellement.

Fenella...

Penser à elle lui broyait le cœur. Quand il avait découvert qu'elle cherchait à vendre l'entreprise familiale, il l'avait interprété comme un signe du destin. Enfin, il pouvait mettre en place un plan pour qu'elle cesse de l'ignorer. Un plan des plus alambiqués, certes, et qui rapporterait peu, sur ce point Alistair Cox avait raison. D'autres entreprises plus rentables se trouvaient actuellement sur le marché, mais Gabriel ne visait que celle de Fenella. Il voulait lui prouver qu'elle avait eu tort de le rejeter. Que, contrairement à cet autre fils qu'elle avait gardé, Gabriel excellait dans le monde des affaires et qu'il détenait suffisamment d'argent pour acquérir sa si précieuse entreprise de famille. Une famille dont il avait été exclu.

Mais en premier lieu il s'occuperait de Dove. Il fallait à tout prix qu'il prenne ses distances avec elle.

Il attendit que le déjeuner s'achève et que les membres de l'équipe aient regagné leurs postes de travail pour s'adresser à tous.

— Avant que nous reprenions, je tiens à vous remercier pour le travail que vous avez accompli. Comme d'habitude, vous avez fait preuve d'une implication remarquable. Sachez que j'apprécie les efforts que vous avez fournis et que je vous en suis très reconnaissant.

Avisant soudain le regard de Dove braqué sur lui, il marqua une pause. Cette jeune femme l'obsédait, hantait ses pensées jour et nuit. Au souvenir de son corps lové contre le sien, il sentit son sexe se durcir. Mais elle ne se contentait pas d'embraser ses sens. Curieusement, elle était la seule personne capable de l'apaiser dans les moments de tension extrême. D'où la colère qui s'était emparée de lui, lui faisant dire des choses qu'il aurait préféré taire. Et depuis cette fameuse nuit il ne trouvait plus le repos.

— Nous avons réuni tous les critères d'évaluation concernant la société cible et détenons suffisamment d'informations pour construire une offre raisonnable, reprit-il. Aujourd'hui sera donc notre dernier jour ici ensemble. Nous conclurons notre travail ce soir et reprendrons notre activité dès lundi matin à Londres.

Quelques exclamations fusèrent, puis tous les membres de l'équipe applaudirent. Quelques-uns d'entre eux vinrent le trouver et quelques minutes s'écoulèrent avant que Gabriel puisse se rapprocher de l'endroit où se trouvait Dove.

Elle leva les yeux vers lui quand elle sentit sa présence à ses côtés. Il s'attendait à lire un profond soulagement dans son regard, mais fut surpris de n'en déceler aucun...

Allongé sur une chaise longue, Gabriel contemplait la mer. Il était à peine 9 heures du matin et le soleil brillait dans un ciel sans le moindre nuage, annonçant une très belle journée.

D'ordinaire, à cette heure-là, une atmosphère animée régnait déjà dans la grande salle de travail où se réunissait l'équipe. Mais pas ce matin. Aujourd'hui, aucun bruit ne se faisait entendre, à part le clapot de l'eau contre le bateau. Gabriel était seul. Cette journée lui appartenait. Il pouvait troquer sa tenue de travail contre une autre plus décontractée, se baigner, bronzer au soleil et peut-être finir ce livre commencé six mois auparavant. Il pouvait même prendre un verre, un cocktail peut-être...

L'équipe avait pris congé après le petit déjeuner, de même que Dove.

Il serra les dents au souvenir de la poignée de main qu'ils avaient échangée. Dove l'avait salué poliment sans manifester la moindre émotion. Sans doute était-ce la raison pour laquelle il se sentait à ce point contrarié.

Étouffant un juron, il se leva de son siège pour se rendre à l'autre bout du pont. À l'endroit exact où Dove s'était hissée sur la pointe des pieds pour déposer un baiser sur ses lèvres. Pendant quelques secondes, il eut l'impression que l'air se raréfiait dans l'atmosphère et, le cœur battant, s'agrippa au bastingage.

Les yeux fermés, il prit une profonde inspiration. Il lui sembla soudain humer le parfum de Dove. Cette senteur estivale, légère et profonde à la fois. Rouvrant les yeux, il la vit soudain et en eut le souffle coupé jusqu'à ce qu'il comprenne qu'il ne pouvait s'agir que d'un mirage. Puis, devant lui, la silhouette lui sembla se mouvoir. Totalement abasourdi, il la suivit des yeux.

La femme qui se trouvait de l'autre côté du pont n'était pas une illusion.

Immobile comme une statue, il la regarda venir vers lui. Dove avait changé de tenue. Elle avait troqué sa jupe et son chemisier contre un short blanc et un débardeur en coton bleu azur. Ses cheveux réunis en queue-de-cheval flottaient sur ses épaules dénudées.

Il serra les poings en la regardant approcher. Quand elle s'arrêta à environ un mètre de lui, elle lui parut nerveuse.

Comment se faisait-il qu'elle se trouve encore à bord du yacht ?

L'esprit en ébullition et tous les sens en alerte, il lui fallut une bonne minute avant de s'écrier :

— Bon sang, mais que fais-tu encore ici ?

Tendue à l'extrême, Dove sentait son cœur battre la chamade. Gabriel venait de lui poser une question pertinente à laquelle

elle n'avait pas de réponse toute prête à offrir. Trop anxieuse à l'idée d'être démasquée, elle s'était cachée dans sa cabine jusqu'au départ de ses collègues de travail. Une décision prise à la hâte, sans réfléchir. Sa mère lui aurait déconseillé une telle initiative ne pouvant selon elle se solder que par un échec.

À présent, elle regrettait son manque de préparation. Sa respiration se bloquait dans sa gorge, l'empêchant de proférer la moindre parole. Comment retrouver contenance devant cet homme si attirant, si séduisant, si provocant ? La beauté de ses traits lui coupait le souffle.

Quand enfin elle s'en sentit capable, elle répondit :

— Nous avons des choses à régler... des choses dont nous devons parler.

— Quelle implication ! ironisa Gabriel. Je pense que cela pourrait attendre lundi, tu ne crois pas ?

Elle prit une profonde inspiration.

— Cela ne concerne pas l'acquisition.

— Dans ce cas, nous n'avons rien à nous dire, lâcha-t-il d'un ton sans réplique.

Levant le menton, elle planta son regard dans le sien.

— Comment peux-tu te comporter de cette manière après ce qui s'est produit l'autre soir ?

Il fronça les sourcils.

— Je dis cela *précisément à cause de l'autre soir*. Rentre chez toi !

Furieuse d'être ainsi congédiée, elle avança pour se poster face à lui.

— J'en ai assez que tu me tournes le dos de la sorte. La richesse n'autorise pas la grossièreté.

— Au contraire, objecta-t-il d'un ton léger. La fortune permet tout. Comme de soudoyer quelqu'un pour qu'il disparaisse de votre vie.

Elle le fixa, le cœur battant à tout rompre.

— Ce n'est pas la même chose.

— C'est exact.

— Tu déformes toujours tout...

— Pas du tout ! Rentre chez toi, Dove. Le travail t'attend lundi : je te rappelle que nous devons conclure l'acquisition. C'est la seule chose qui compte.

Elle secoua la tête.

— Dans ce cas, tu vas devoir me licencier et trouver quelqu'un d'autre, parce que je ne quitterai pas ce bateau tant que nous ne nous serons pas entretenus.

Tel était le plan qu'elle poursuivait et elle n'en dérogerait pas. Si besoin, elle s'enchaînerait au bastingage.

L'air devint électrique entre eux.

— Il faut toujours que les choses se passent comme tu l'entends, n'est-ce pas ? Tu décides de tout, qu'il s'agisse de parler ou de mettre un terme à une relation.

La sécheresse du ton employé par Gabriel la toucha en plein cœur. La tête lui tournait tant elle trouvait cette attaque injuste.

— Ce n'est pas vrai. Ce n'est pas moi qui ai mis fin à notre relation, c'est toi !

— C'est ce dont tu essayes de te convaincre ou de convaincre les autres ?

— Non ! Mon père t'a offert de l'argent et tu l'as pris.

Un frisson la parcourut tout entière quand il se rapprocha et planta son regard bleu océan dans le sien.

— Tu ne peux pas t'en plaindre, puisqu'il n'y avait rien d'autre à offrir.

Sous le choc, Dove porta une main à sa gorge. Elle avait offert à Gabriel tellement plus... et il l'avait rejetée.

— Mon père est venu te trouver parce qu'il n'avait pas confiance en toi. Il ne pensait pas que tu étais l'homme que tu prétendais.

Le visage de Gabriel se ferma.

— Que veux-tu dire par là ?

— Il te prenait pour un chercheur d'or, un opportuniste.

Dove se rappelait avoir vainement plaidé la cause de Gabriel pour le regretter amèrement ensuite.

Après avoir avalé sa salive, elle ajouta :

— Il s'est rendu à ton hôtel pour te tester. Et tu as échoué.

Elle le vit serrer les mâchoires.

— Tu as tout fait pour que j'échoue.

— Bien sûr que non ! Pourquoi aurais-je fait cela ?

Je t'aimais, faillit-elle ajouter. Ne s'était-il jamais rendu compte de la force de son amour ?

Gabriel fixait un point lointain au-dessus de son épaule. Il semblait ailleurs, comme s'il avait oublié la présence de Dove.

— C'est la question que je ne cesse de me poser depuis six ans.

Dove avait l'impression que son cœur était serré dans un étau. Quelque chose clochait dans cette histoire. Des images imprécises se formaient dans son esprit, comme des pièces de puzzle éparses. Elle prit une longue inspiration avant de rétorquer :

— Tu n'es pas le seul à être confronté à des questions sans réponse, Gabriel. Pourquoi ne pas les apporter, une bonne fois pour toutes ? Pourquoi ne pas évacuer tous ces non-dits, de telle sorte que nous puissions l'un et l'autre reprendre le cours de notre vie ? C'est bien ce que tu souhaites, n'est-ce pas ?

Voilà pourquoi Dove n'avait pas quitté l'*Argentum* avec les autres membres du personnel. Quand enfin il reporta son attention sur elle et hocha la tête, son regard bleu plus sombre que jamais, elle n'en ressentit aucun soulagement – seulement une tristesse immense.

6

Dove releva la tête de son livre en entendant les stewards venir dans sa direction. Non pas qu'elle fût en train de lire – le livre entre ses mains n'était qu'un accessoire, quelque chose qui l'empêchait de contempler l'homme assis à l'autre bout de la cabine ou de réfléchir aux conséquences de ses actes. Depuis que l'avion privé de Gabriel avait quitté l'aéroport de Nice, elle appréhendait la suite des événements. À quel sort allait-elle être confrontée une fois arrivée à destination ? Elle n'en avait pas la moindre idée.

Le rythme de son cœur s'accéléra quand les stewards lui sourirent poliment en passant devant elle. Tout dans leur attitude et dans leur manière de s'exprimer prouvait qu'ils étaient à la fois amis et collègues. Ce qui était loin d'être le cas entre elle et Gabriel…

Depuis que ce dernier avait accepté la discussion qu'elle lui avait réclamée sur le pont de l'*Argentum*, il ne lui avait pas adressé plus de vingt mots. Peut-être trouvait-il que la cabine d'un avion privé, aussi spacieuse fût-elle, n'offrait pas assez d'intimité.

Dans ce cas, pourquoi avoir quitté le yacht ?

Tournant la tête vers le hublot, elle contempla l'immensité de la mer. Ils volaient depuis quatre heures environ, en direction de Pico, une île des Açores au large du Portugal, où Gabriel possédait un domaine vinicole du nom de Quinta dos Louros.

Elle pensait que leur destination serait Londres et n'avait découvert sa méprise qu'après le décollage. Gabriel ne lui avait fourni aucune explication. Surprise qu'il ait accepté aussi aisément la discussion qu'elle lui réclamait, elle avait accepté de le suivre sans poser de questions. Une fois informée de leur destination, elle avait compris le but de la manœuvre : l'obliger à accepter ses conditions.

La gorge serrée, elle se remémora les propos qu'il lui avait tenus peu de temps avant de quitter le yacht. Il l'avait accusée d'avoir confié à son père la mission de mettre un terme à leur relation. Son regard en proférant ces mots avait reflété un mélange de colère et de douleur.

Elle tourna la tête vers l'endroit où il s'était installé pour travailler sur son ordinateur portable. Ce n'était pas la première fois qu'il l'accusait de s'être servie de son père pour se débarrasser de lui. Mais, jusque-là, elle n'avait jamais accordé beaucoup d'importance à ce reproche. Pour elle, il s'agissait simplement de sémantique.

« Envoyé. Mandaté. Quelle différence ? Tu cherches juste à rejeter la faute sur quelqu'un d'autre. »

Des mots à travers lesquels elle avait compris qu'il cherchait à se dédouaner. Des propos déformés qui prouvaient qu'il se mentait à lui-même pour ne pas salir l'image que lui renvoyait son miroir. Celle d'un milliardaire accompli qui n'avait jamais eu besoin de faire preuve de cupidité ou de duplicité.

La veille, en revanche, Gabriel avait prouvé, au travers de sa voix, de son attitude, de son regard, qu'il croyait vraiment ce qu'il disait. Qu'il la jugeait responsable de leur rupture, qu'elle en avait été l'instigatrice. Qu'elle avait confié le sale travail à son père.

Comment pouvait-il avoir développé une image d'elle aussi épouvantable ?

Soudain effrayée à l'idée qu'il réponde à cette question muette, elle reporta son attention sur l'immensité bleutée de la mer. Cela faisait des heures qu'ils survolaient l'océan, mais à présent elle apercevait au loin des affleurements rocheux déchiquetés, qui la firent penser à une énorme créature préhistorique surgie des flots. Elle comprit alors qu'ils approchaient des Açores.

L'avion atterrit quinze minutes plus tard. Depuis le ciel, l'archipel formait une excroissance noire, presque menaçante, mais quand elle posa les pieds sur le tarmac Dove fut accueillie par un paysage des plus somptueux. Un décor vert et luxuriant l'entourait, bourdonnant de vie. Au loin apparaissaient les cimes d'une montagne entourée de nuages.

— Elle s'appelle Montanha do Pico, qui signifie « sommet de montagne ».

Elle sursauta en entendant l'explication de Gabriel.

— C'est elle qui a donné son nom à cette île, bien qu'il s'agisse plus d'un volcan que d'une montagne.

Un volcan.

Dove reporta son attention sur les cimes qui lui parurent soudain menaçantes, comme si une lave chaude pouvait à tout moment les ensevelir. N'était-ce pas le sort qui l'attendait auprès de Gabriel ?

— Je me demandais pourquoi nous n'avions pas poursuivi la discussion à bord du yacht. Tu aurais pu me jeter à la mer pour te débarrasser de moi. Ici, tu vas devoir attendre une éruption volcanique pour en finir avec moi.

Gabriel lui jeta un regard amusé qui lui fit détourner les yeux. Elle n'était pas prête à enterrer la hache de guerre.

— Inutile de t'inquiéter, finit-il par déclarer. Ce volcan

n'est plus actif, même s'il continue d'enregistrer une activité sismique.

Voilà qui cadrait bien avec l'homme qui lui tenait ces propos. Elle percevait en lui une colère qui menaçait d'exploser à tout moment.

Après ce bref échange, il la conduisit jusqu'à un véhicule tout-terrain qui les attendait au bord de la piste. Alors qu'ils s'acheminaient vers la voiture, Dove s'interrogeait sur la suite des événements. Sans trop savoir pourquoi, elle craignait le pire.

Après avoir quitté l'aéroport, ils s'engagèrent sur une route montagneuse. Pendant les vingt minutes qui suivirent, Dove oublia son appréhension pour dévorer des yeux le paysage luxuriant qui l'entourait, lequel laissa soudain place à un décor ondulant de magma noir, comme s'ils venaient d'atterrir sur une autre planète. Au loin, elle aperçut un lac niché dans une sorte de cratère, entouré de fougères délicates et d'arbres étranges avec des troncs gonflés et crépus.

— On appelle ces arbres des dragonniers.

Dove haussa les sourcils.

— Est-ce parce que leurs troncs ressemblent à des pattes de dragons ?

— Bien vu !

Dove se sentit parcourue de frissons sous le regard de Gabriel et elle détourna les yeux quand il ajouta en guise d'explication :

— Il semble que l'origine de ce nom trouve sa source dans la mythologie grecque et les douze travaux d'Hercule. Ce dernier avait reçu pour mission du géant Atlas de débarrasser le jardin des Hespérides du dragon Ladon, un monstre à cent têtes réputé invincible. Hercule aurait réussi à le vaincre d'une seule flèche et le sang versé a donné naissance à une multitude de dragonniers.

Fascinée par les propos que lui tenait Gabriel, Dove comprenait pourquoi il l'attirait tant. Quel que soit le sujet dont il l'entretenait, il réussissait à la captiver. Et voilà qu'elle se retrouvait au sommet d'une roche volcanique au milieu de nulle part avec pour horizon une mer limpide qui semblait s'étendre à l'infini.

Après encore quelques virages, la voiture ralentit. Visiblement, ils avaient atteint leur destination.

Dove fixa en silence la robuste maison de pierre devant laquelle ils s'étaient arrêtés. Oaklands, la demeure de son enfance, était belle, mais comme la plupart des grandes maisons de campagne anglaises elle trônait au milieu d'un parc paysagé. Cette bâtisse était différente. Elle semblait née de la terre, avec pour décor la montagne en surplomb et les collines verdoyantes qui ondulaient jusqu'à l'Atlantique en contrebas. À l'intérieur, Dove fut impressionnée par la majesté des lieux. Un architecte d'intérieur des plus réputés avait donné à la maison une touche moderne et sophistiquée, qui contrastait avec l'aspect rugueux de l'extérieur.

Une gouvernante, prénommée Sara, les accueillit dans le hall d'entrée. Les présentations faites, Gabriel fit visiter la maison à Dove, y compris la chambre qu'elle occuperait, puis tous deux gagnèrent le salon : une pièce gigantesque, de la taille d'un court de tennis.

— Impressionnant ! s'exclama Dove avec admiration.

Il régnait une atmosphère des plus sereines dans cette pièce élégamment meublée. Dove s'y sentit aussitôt à son aise, comme si cet endroit avait quelque chose de familier. Jamais Oaklands ne lui avait produit cet effet. Chaque fois qu'elle rentrait chez elle autrefois, elle appréhendait les retrouvailles avec ses parents. Oscar et Olivia passaient tout leur temps à se quereller, après quoi sa mère se retranchait dans sa chambre pour pleurer.

Ces moments de tension lui rappelaient de très mauvais souvenirs. Elle détestait le climat de tension qui régnait dans la maison familiale. Les disputes incessantes, les accusations qui fusaient de part et d'autre. Les efforts surhumains qu'elle devait fournir dans son rôle de médiatrice.

Reprenant pied dans la réalité, elle croisa le regard de Gabriel qui la fixait avec insistance, comme s'il cherchait à lire dans ses pensées.

— Assieds-toi, finit-il par dire. J'ai demandé à Sara de nous apporter du café.

Gabriel attendit que Dove se soit installée sur un sofa recouvert de lin gris pour se laisser tomber dans son fauteuil favori, celui qui lui permettait de contempler à loisir l'immensité de l'océan. Mais à cet instant précis il avait les yeux rivés sur le visage de Dove.

Elle paraissait fatiguée, sous tension. Une semaine auparavant, il s'en serait félicité. Mais après avoir passé autant de temps auprès de la femme qui lui avait brisé le cœur il avait découvert en elle des facettes inattendues.

Contrairement à ce à quoi il s'attendait, elle avait fait preuve de beaucoup de professionnalisme et possédait un réel talent. Elle n'était pas l'héritière oisive qu'il avait imaginée. En d'autres circonstances, il n'aurait guère hésité à lui offrir un emploi dans son groupe.

Toutefois, même si le présent lui offrait une image plus positive de Dove, le passé demeurait ancré dans sa mémoire. On ne pouvait rien y changer.

Pourtant, ce matin, il s'était senti vaciller. Des questions sans réponse l'avaient assailli et l'envie de les poser le tenaillait. Il voulait vérifier certaines choses, c'est pourquoi il avait accepté la discussion à laquelle Dove tenait tant. Il voulait la sonder, la pousser dans ses retranchements pour en finir avec elle une bonne fois pour toutes.

Cette volonté de tirer au clair tous les non-dits qui planaient entre eux n'expliquait pas le voyage qu'ils avaient entrepris jusqu'à cette région reculée.

Serrant les dents, il ignora la petite voix insidieuse qui lui suggérait que ce périple avait pour unique but de garder Dove le plus longtemps possible près de lui, en tête à tête.

Heureusement, l'arrivée de Sara lui permit de chasser cette pensée dérangeante de son esprit. Puis, quand elle se fut retirée et qu'ils eurent dégusté leur café, Gabriel s'adossa à son fauteuil.

Et maintenant ?

Il ne savait pas par quoi commencer, ni s'il avait vraiment envie d'engager une discussion...

— Pourquoi as-tu choisi d'acheter une maison à Pico ? Des raisons familiales sont-elles à l'origine de cette décision ?

Les questions de Dove le sortirent du dilemme dans lequel il était plongé. Elle faisait probablement référence à son père – ou plus exactement à Luis, son père adoptif. Parce que son père biologique, l'homme qui avait passé une nuit avec Fenella Ogilvy trente ans auparavant, n'avait ni nom ni visage. Il s'agissait là d'une information qu'il ne révélerait pas plus à Dove qu'à n'importe qui d'autre.

— Non, pas vraiment, répondit-il en secouant la tête. La famille de mon père est originaire de Porto. Mais, lors de mon premier séjour aux États-Unis, j'ai sympathisé avec des surfeurs qui m'ont invité à les accompagner à São Jorge.

À cette évocation, il vit Dove serrer les poings sur ses genoux. Cette fois, ils y étaient, par un biais détourné, mais ils y étaient...

— Ah oui, laissa-t-elle tomber d'un ton faussement léger, je me rappelle que tu es parti surfer après notre rupture.

Elle ébaucha un sourire amer, puis ajouta :

— De mon côté, j'espérais que, quelque part au fond de

ta conscience, ta culpabilité te garderait éveillé toutes les nuits. Quelle idée saugrenue ! Tu n'as pas de conscience. Tu sais... je n'arrête pas de penser à ce que tu m'as dit plus tôt. Que je t'avais piégé... Mais c'est toi qui m'as piégée. Lorsque tu m'as rencontrée à cette fête, tu t'es dit : voici la personne idéale à arnaquer.

Faux, songea-t-il en contemplant les joues rosies de Dove. Quand il avait fait sa connaissance à cette fameuse soirée, il l'avait trouvée éblouissante. À ses yeux, elle représentait un idéal. Un rêve devenu réalité. Et il l'avait désirée. Seigneur, il était fou d'elle. Il la désirait encore aujourd'hui en dépit de tout...

— Toi, de ton côté, tu n'as réfléchi à rien. Parce que tu étais riche, belle et que tu t'ennuyais, tu t'es approprié ce qui se trouvait à ta portée. C'est de cette façon que les gens comme toi opèrent.

En prononçant ces mots, Gabriel revoyait le sourire reptilien d'Oscar Cavendish. Cet air arrogant qu'il arborait, comme tous ceux qui, comme lui, s'estimaient au-dessus de tous les autres.

— Quelles gens ? demanda-t-elle en écarquillant les yeux.

— Toi et tes amis, jeta-t-il en la fusillant du regard. Ces fils et filles à papa qui passaient leur temps à faire la fête, à boire plus que de raison, à réparer les dégâts qu'ils causaient dans les bars en jetant de l'argent sur la table. Tu m'avais dit que tu étais différente.

Il l'avait crue. À ses yeux, elle avait paru gentille, sensible. Il lui avait même semblé percevoir de la pureté dans ses grands yeux limpides.

— Je l'étais, protesta-t-elle d'une voix tremblante. Je le suis !

Comme propulsés par un ressort, tous deux avaient quitté leur siège et se trouvaient face à face, immobiles, tendus à l'extrême.

Luttant contre son envie de se rapprocher encore davantage, Gabriel répliqua :

— Non, tu es restée la même.

Pendant un court instant, Dove demeura silencieuse, puis recula d'un pas.

— On en revient toujours au même point, n'est-ce pas ? Tu me détestes parce que je sais que tu as pris l'argent. Cela te fait te sentir minable. Sache une chose, Gabriel, je me fiche éperdument de ta fierté.

Son visage avait pâli, ses yeux brillaient intensément, mais sa voix ne tremblait plus quand elle ajouta :

— Je me soucie de la mienne, en revanche. C'est pourquoi je vais rassembler mes bagages et quitter cette île par le premier bateau ou avion. Je partirai à la nage, s'il le faut.

Sur ces mots, elle tourna les talons et s'enfuit en direction de sa chambre. Mais Gabriel n'avait pas l'intention de la laisser s'échapper. Il la rejoignit et ensemble ils pénétrèrent dans la pièce.

Furieuse, Dove lui fit face.

— Qu'est-ce qui te prend ? Ne me suis-je pas montrée assez claire ?

Tous deux partageaient à présent la même colère.

— Crois-tu vraiment que j'avais besoin de t'entraîner jusqu'ici pour découvrir que tu te soucies comme d'une guigne de ma fierté ? lança-t-il avec fureur. Tu m'as laissé attendre quatre heures dans cet hôtel. As-tu une idée de l'humiliation que tu m'as infligée ?

Il y eut un silence électrique durant lequel ils se défièrent mutuellement du regard, silence que Dove fut la première à rompre.

— Tu veux parler d'humiliation ? demanda-t-elle en levant le menton. Imagine-toi la situation suivante : découvrir que tu pèses beaucoup moins lourd dans la balance qu'une certaine somme d'argent. Tu as transformé notre relation en négociation financière.

Gabriel se rapprocha dangereusement pour plonger son regard dans le sien.

— Non, protesta-t-il, c'est toi qui as confié cette mission à ton père, Dove.

— C'est faux. Je n'ai pas demandé à mon père d'aller te retrouver à cet hôtel, pas plus que je ne lui ai demandé de te payer. J'ignorais tout de votre échange jusqu'à ce qu'il me révèle ta décision.

Alors qu'elle voulait reculer d'un pas pour s'éloigner de lui, Gabriel l'agrippa fermement par le bras pour l'en empêcher.

— Tu mens ! jeta-t-il furieusement. Comment savait-il où me trouver ? Personne n'était au courant de notre relation. Tu ne voulais pas que notre liaison s'ébruite. Vas-tu le nier, ça aussi ?

Au silence qui suivit, Gabriel comprit qu'elle n'en ferait rien. Au lieu d'en éprouver une immense satisfaction, il sentit son cœur se serrer douloureusement.

— Ton père n'avait aucun moyen de savoir où nous devions nous retrouver, sauf si tu l'en as informé.

— Je ne l'ai pas fait, protesta-t-elle, en tentant vainement de libérer son bras. J'ignore comment mon père a su pour nous. Ce que je sais en revanche, c'est que tu as pris l'argent qu'il t'a proposé pour me quitter.

Cette fois, Gabriel accepta de la libérer, mais sans la lâcher des yeux.

La situation, telle que Dove la décrivait, ne correspondait pas à la réalité. Quand son père lui avait proposé de l'argent pour disparaître, il avait ressenti la furieuse envie de le lui jeter au visage. Et aussi de partir à la recherche de Dove pour l'affronter et lui faire part du mépris qu'elle lui inspirait. Mais agir de la sorte aurait révélé trop de choses… Alors, il avait accepté le marché et disparu.

Il secoua la tête.

— Ce n'est pas ainsi que les choses se sont passées.

— Dis-moi comment, alors.

Le souvenir de l'affreux échange qui l'avait opposé à Oscar Cavendish remonta à la surface, l'emplissant de dégoût. Mais il se trouvait à un point de non-retour. Enfin, il allait pouvoir déverser toute la rancune dont son cœur était rempli depuis ces six dernières années...

Le train avait été retardé deux fois en raison d'une panne technique ayant nécessité quelques réparations. Gabriel consulta l'heure sur son téléphone. Heureusement, il lui restait encore pas mal de temps avant le rendez-vous prévu avec Dove à l'hôtel. Par ailleurs, tous deux ne devaient s'envoler pour les États-Unis que beaucoup plus tard dans la soirée.

Gabriel n'aurait pas choisi un hôtel aussi défraîchi pour l'attendre, mais avait accepté la suggestion de Dove sans rechigner, puisqu'ils avaient prévu de ne pas s'y attarder.

À son arrivée, il s'installa dans un salon et commanda une bière pour patienter. Dove et lui avaient décidé d'informer leurs parents respectifs de leur décision une fois arrivés en Californie. De son côté, Gabriel aurait préféré clarifier la situation avant son départ. Les membres de sa famille s'inquiétaient pour lui, mais auraient accueilli l'élue de son cœur à bras ouverts, il en avait la certitude absolue.

Du côté de Dove, il savait que la situation ne serait pas acceptée avec autant d'enthousiasme. Elle n'en avait pas vraiment parlé, mais il avait compris les raisons pour lesquelles elle avait voulu garder leur relation secrète. Gabriel avait respecté son choix.

Un bip sur son téléphone l'informa de la réception d'un message. Celui-ci provenait de Dove.

Suis retardée. Attends-moi.

Gabriel s'étonna de ce contretemps. Dove faisait toujours preuve de ponctualité, mais il était prêt à lui pardonner son retard. Ce n'était pas tous les jours que deux amoureux prenaient la fuite ensemble !

Attendri par l'image de celle qui ne quittait plus ses pensées jour et nuit, il sentit son cœur s'emballer. Il adorait ses grands yeux gris, si expressifs, le sourire lumineux qui lui étirait les lèvres chaque fois qu'ils se retrouvaient. L'amour qu'elle lui vouait avait agi comme un baume apaisant sur la douleur que lui avait infligée le rejet de Fenella. Auprès de Dove, il se sentait en sécurité, serein et épanoui. Il faillit lui répondre « jusqu'à la fin des temps », puis opta pour un simple : « D'accord. Je t'embrasse. »

— Puis-je vous proposer un autre verre ?

Gabriel leva les yeux de son téléphone pour croiser le regard de la serveuse qui venait de se matérialiser à sa table.

— La même chose, répondit-il en lui tendant son verre vide. Et un gin-tonic aussi, s'il vous plaît.

— Vous attendez quelqu'un ?

— Oui, mais elle a un peu de retard.

Un peu de retard…

Tout l'après-midi, tandis que les minutes s'égrenaient, ces quelques mots trottèrent dans sa tête. L'attente se prolongea indéfiniment, une heure, deux heures, trois heures, au bout desquelles il se décida à envoyer un premier message. Puis tenta vainement de joindre Dove par téléphone. Chaque fois, il tombait sur sa boîte vocale.

Stressé, assailli par des questions sans réponse, il avait failli renoncer à attendre. Mais partir signifiait envisager le pire, l'impensable, l'insupportable…

Au bout de la première heure, le personnel du bar se tint à distance, comme si le rejet et la trahison avaient un caractère contagieux. Au bout de la deuxième heure, il eut le sentiment que sa présence commençait à déranger.

Alors que la quatrième heure touchait à sa fin, il vit un individu pénétrer dans le bar comme si ce lieu lui appartenait. Il observa attentivement le visage du nouveau venu avec une impression de déjà-vu et ne fut pas le moins du monde surpris de le voir se diriger droit vers lui, une lueur de triomphe dans le regard.

— Vous devez être Gabriel Silva, lança-t-il en s'arrêtant devant sa table. Je suis Oscar Cavendish, le père de Dove.

Sans y être invité, il prit place en face de lui, puis ajouta avec une moue déplaisante :

— Elle va très bien, rassurez-vous. Il y a juste eu un changement de programme. Je crains hélas qu'elle ne vous rejoigne pas.

Gabriel le fixa, sans comprendre. Son esprit bouillonnait et la panique, ressentie un peu plus tôt, l'assaillit à nouveau.

— Je ne comprends pas...

Il s'agissait là d'un mensonge, car contrairement à ce qu'il venait d'exprimer il savait pertinemment à quoi s'en tenir, pour avoir déjà connu le même genre de situation.

— Cela va sans doute vous paraître un peu bizarre... Il se trouve que Dove a changé d'avis.

Fébrile, Gabriel continuait de fixer son interlocuteur. Il avait l'impression d'avoir reçu un coup de poignard en plein cœur.

— Elle se sent mal, vraiment très mal. Elle n'avait pas prévu de s'engager autant dans votre relation et déteste l'idée d'être porteuse de mauvaises nouvelles. D'où la raison de ma présence.

Gabriel quitta son siège d'un bond.

— Je veux lui parler. J'ai *besoin* de lui parler.

La douleur contenue dans sa voix le surprit. Jamais il ne s'était senti aussi impuissant, aussi indésirable.

— Je vous comprends, intervint Oscar d'un ton apaisant. Mais elle ne veut pas vous revoir, alors je crois qu'il vaudrait mieux pour tout le monde que vous n'insistiez pas. Vous êtes bouleversé, c'est normal, mais vous avez toute la vie devant vous. Un jour, vous rencontrerez la personne qu'il vous faut. En attendant...

Il s'interrompit pour extraire un téléphone de sa poche, qu'il déposa sur la table devant Gabriel.

— Votre ancien patron, Bill, est un grand ami de la famille. Il m'a transmis vos références bancaires.

Il tapota sur l'écran, puis ajouta :

— Dove tenait à ce que vous receviez une compensation pour le désagrément qu'elle vous a causé, alors j'ai pris la liberté de virer une certaine somme d'argent sur votre compte. À condition bien sûr qu'elle n'entende plus jamais parler de vous.

Ces propos lui firent l'effet d'une météorite. Le décor autour de lui semblait avoir explosé sous l'impact et son cœur se brisa en mille morceaux. Il était dévasté, ravagé...

Quand Gabriel eut terminé son récit, un long silence pesa dans la pièce. Dove le fixait intensément. Elle tremblait de tous ses membres et semblait sous le choc.

— Ce n'est pas ce qui s'est produit. Ce n'est pas vrai, tu mens. Mon père n'a pas fait cela, il n'a pas dit ces mots-là. Jamais il ne ferait une chose pareille !

Gabriel la contempla longuement, le cœur battant. Il avait rêvé de cet instant si souvent qu'il avait l'impression de reconnaître l'expression de son visage, la même que celle qu'il avait imaginée dans ses rêves. Mais contrairement à ce qu'il avait espéré il n'en ressentit aucune satisfaction. Ni aucun triomphe. Tous deux éprouvaient la même détresse.

Un ouragan venait de balayer toutes ses certitudes. Il n'était plus question de vengeance, à présent. Dove lui disait la vérité. Elle ignorait tout des agissements de son père.

— Je suis désolé, finit-il par dire d'un ton très bas. Je t'ai dit la vérité.

Pas toute la vérité, certes – mais le moment ne se prêtait pas à d'autres confessions.

Dove le fixait toujours, une lueur d'effroi dans le regard, comme si elle se trouvait face à un individu dangereux, muni d'une arme. Gabriel savait mieux que quiconque qu'il n'existait rien de plus terrible qu'une vérité impossible à entendre.

— Tu n'as pas envoyé ton père à ta place.

Il ne s'agissait pas d'une question, plutôt d'un constat des faits. Elle le lui confirma en secouant la tête.

— Je... je m'apprêtais à quitter la maison... pour aller te retrouver, bredouilla-t-elle, quand j'ai vu que mon père m'attendait. Je me souviens du choc que m'a causé son apparition. Je craignais qu'il n'ait découvert la vérité à notre sujet... et qu'il ne m'empêche de partir. Mais il m'a juste dit qu'il avait quelque chose à me montrer sur son téléphone.

L'air absent, plongée dans ses réminiscences, elle détourna les yeux pour fixer un point à l'horizon.

— Quand j'ai compris ce qu'il me montrait, je suis tombée des nues. Il m'a expliqué qu'il ne te faisait pas confiance et qu'il était allé te voir pour te proposer de l'argent, en échange de quoi tu devais disparaître de ma vie. C'était écrit noir sur blanc, sur ce virement bancaire que tu avais accepté. Je ne lui ai jamais demandé de te transférer de l'argent.

— Je le sais maintenant.

— Pourquoi as-tu accepté ce marché ? Pourquoi ne pas m'avoir appelée ?

Le cœur battant la chamade, Gabriel prit une profonde inspiration avant de déclarer :

— Je ne sais pas pourquoi je ne t'ai pas appelée. Je pensais que nous n'avions plus rien à nous dire.

Gabriel était demeuré longtemps prostré dans ce bar d'hôtel après le départ d'Oscar Cavendish.

— Plus rien à nous dire ? s'exclama Dove. Comment as-tu pu me croire capable d'une chose pareille ?

Rien de plus simple, songea-t-il. La peur du rejet, le doute... la crainte permanente que l'histoire se répète. Tout le temps qu'avait duré leur liaison, il avait porté ce fardeau. Comme s'il s'attendait à tout moment à ce que Dove découvre en lui ce qui avait empêché sa mère biologique de le garder près d'elle, de l'aimer.

La rupture avait toutefois eu lieu beaucoup plus tôt que prévu. Et la douleur s'était révélée beaucoup plus intense qu'il ne l'avait imaginé.

— Je ne voyais aucune raison de douter de sa parole, ajouta Gabriel. Je n'avais pas affaire à n'importe qui. Il s'agissait de ton père...

Dove baissa les yeux, atterrée.

Gabriel s'éclaircit la voix avant de poursuivre :

— J'étais blessé, furieux. J'ai cru que tu te fichais de notre histoire. J'ai voulu te montrer que je n'y accordais aucune importance non plus.

Ce n'était pas l'exacte vérité, mais Gabriel ne pouvait en dire davantage.

— Je ne m'en fichais pas..., avoua Dove d'une voix tremblante d'émotion.

Ces mots le touchèrent au plus profond de son cœur. Alors, spontanément, il voulut l'attirer contre lui, mais elle recula d'un pas.

— Laisse-moi tranquille, gémit-elle avant de fondre en larmes.

— Je ne peux pas te laisser dans cet état.

Elle voulut le repousser mais, n'y parvenant pas, elle se laissa tomber contre lui et enfouit la tête dans le creux de son épaule.

— Chut... tout va bien, murmura-t-il à son oreille.

Quand ses sanglots se tarirent, Dove leva les yeux vers lui.

— Je suis désolée, murmura-t-elle. J'aurais dû t'appeler... J'aurais dû comprendre...

Il glissa un bras autour de ses épaules et plongea son regard dans le sien.

— Nous avons commis des erreurs tous les deux.

Gabriel ressentit une pointe de culpabilité. Il regrettait d'avoir cru Oscar Cavendish sur parole. Il aurait dû confronter sa version à celle de Dove, l'affronter, lui demander des explications. S'il avait fait preuve de plus de courage, la situation ne lui aurait pas échappé de la sorte. Au lieu de cela, il avait pris l'argent et disparu, comme il l'avait fait un an plus tôt.

Dove s'écarta de lui et, sans le regarder, déclara :

— C'est bon, maintenant. Tu peux t'en aller. Inutile de rester près de moi.

— Est-ce vraiment ce que tu souhaites ? demanda-t-il d'un ton très bas. Tu veux que je parte ?

Les yeux rivés sur le haut de son crâne, en proie à une émotion qui le submergeait, il attendait une réponse négative à la question qu'il venait de poser. Pourtant, quelques minutes auparavant, il avait espéré obtenir de Dove des aveux complets pour pouvoir enfin tourner la page. Mais à présent la situation avait pris une tournure diamétralement opposée. Il avait l'impression d'avoir retrouvé la femme qu'il connaissait six ans plus tôt. Le passé semblait appartenir à un autre monde, se situer à des années-lumière, sur une autre planète. Aujourd'hui, plus rien ne comptait, excepté leurs deux corps enlacés.

Quand, après une attente interminable, elle leva les yeux vers lui, il cessa de respirer.

— Non..., finit-elle enfin par murmurer.

Un baiser passionné les réunit...

7

Lorsque leurs lèvres se détachèrent, Gabriel prit le visage de Dove en coupe. Ému, il se noya dans ses grands yeux limpides, puis passa une main dans ses cheveux soyeux. Elle lui adressa un doux sourire puis vint se lover tout contre lui. À son tour, elle dessina d'un doigt aérien le contour de son visage. Comme si elle le découvrait à nouveau, ou découvrait une nouvelle facette de sa personne. Un geste doux, tendre, plein de promesses.

Bercés par le murmure incessant de la mer, ils s'étreignirent à nouveau, tout au plaisir de ce moment intime, magique.

Puis, dans un même élan, ils se défirent de leurs vêtements et se laissèrent tomber sur le lit où, ivres de désir, ils s'adonnèrent à un long ballet sensuel, entrecoupé de caresses, de baisers, de murmures et de gémissements. Quand enfin la jouissance les emporta, ils retombèrent, exténués, dans les bras l'un de l'autre.

La tête nichée dans le cou de Gabriel, Dove sentit soudain des larmes perler à ses paupières, puis étouffa un sanglot. Surpris, Gabriel lui souleva le menton pour mieux voir son visage.

— Ne pleure pas, lui dit-il d'un ton très doux.

Il essuya les larmes sur ses joues avant d'ajouter :

— Je ne veux pas que tu pleures à cause de moi.

— Ce n'est pas toi... c'est... autre chose...

Retrouver Gabriel après le long désert qu'elle avait traversé ces six dernières années avait eu sur elle un effet foudroyant. Mais le passé demeurait ancré dans sa mémoire, avec ses désillusions. La traîtrise dont avait fait preuve son père l'anéantissait. *Traîtrise...* peut-être s'agissait-il d'un mot trop fort pour qualifier l'acte dont il s'était rendu coupable. Elle avait toujours cru qu'il cherchait à la protéger, désirait son bonheur, alors qu'en réalité il n'avait fait que détruire ses plus beaux rêves. Aussi loin qu'elle s'en souvienne, elle avait souvent connu des moments difficiles avec lui. Parfois il se montrait charmant, mais le plus souvent il se comportait de manière froide et distante. Si bien qu'elle ne savait jamais sur quel pied danser avec lui.

Et à présent, dans les bras de Gabriel, elle se sentait en sécurité, chose qui ne lui était pas arrivée depuis très longtemps. La chaleur de son corps pressé contre le sien lui procurait une grande sérénité.

— Si tu savais... comme j'aimerais remonter le temps, finit-elle par murmurer. Si j'avais quitté la maison plus tôt... j'aurais dû le faire... je n'aurais pas croisé mon père et...

— Chut ! l'interrompit Gabriel en posant un doigt sur ses lèvres. Inutile de ressasser le passé.

Plonger dans son regard si bleu, si intense, eut un effet apaisant sur le chagrin qui l'étreignait. Les bras enroulés autour de son cou, elle lui tendit les lèvres et un long baiser les réunit. Un baiser qui ne voulait peut-être pas dire grand-chose, mais qui agissait sur elle comme un baume.

Les yeux rivés sur le visage endormi de la femme qu'il tenait entre ses bras, Gabriel se sentait assailli par des émotions qu'il pensait ne jamais connaître à nouveau. Par la fenêtre, il voyait le soleil pointer puis disparaître derrière les nuages à un rythme semblable à celui des battements de son cœur.

Alors qu'il pensait avoir vécu le pire moment de sa vie dans cet hôtel où il avait vainement attendu que Dove le rejoigne, il souffrait à présent d'avoir infligé un immense chagrin à l'élue de son cœur.

Il en prenait l'entière responsabilité. Il n'avait pas su faire la part des choses. La douleur que lui avait infligée Fenella avait impacté sa relation avec Dove. Il avait pris les propos de son père pour argent comptant, ne les avait à aucun moment remis en question. Aveuglé par la panique et le chagrin, il n'avait pas entrevu la vérité. N'avait même pas cherché à la connaître. Finalement, il avait opté pour la facilité en croyant les dires d'Oscar plutôt qu'en l'amour que lui vouait Dove. Il avait même fini par la haïr.

Il changea de position dans le lit pour apaiser ses muscles endoloris, geste qui n'eut aucun effet sur la culpabilité qui le rongeait. Il méritait de souffrir. Dans le cadre des affaires, il pesait toujours le pour et le contre, analysait soigneusement la situation, sondait la véracité des propos de ses interlocuteurs avant de prendre une décision. Contrairement à ses habitudes, il avait cru Oscar sur parole, sans lui opposer la moindre contradiction. Pire encore, il avait cherché à se venger de Dove en la menaçant, en l'obligeant à travailler pour lui, en l'entraînant sur son yacht pour lui montrer sa réussite.

Pas étonnant qu'elle ait rechigné à lui apporter son concours dans l'acquisition qu'il projetait quand ils s'étaient rencontrés chez Cavendish et Cox. Ces retrouvailles l'avaient très certainement mise à la torture. Gabriel avait interprété son comportement de manière erronée. Il n'y avait vu que colère et frustration. Il avait ignoré sa détresse et lui avait fait le plus ignoble des chantages.

Jamais il ne pourrait rattraper la situation.

Il ne pouvait pas plus changer le passé que changer l'homme qu'il était devenu. Le cœur lourd, il se sentait brisé, anéanti, comme si de lourds nuages assombrissaient son avenir.

Reportant son attention sur Dove, il se remémora leurs étreintes. Quand leurs deux corps avaient fusionné, un sentiment de plénitude l'avait envahi. Il s'était concentré sur le plaisir qu'ils se donnaient l'un à l'autre, et le passé avait disparu, laissant place à un présent lumineux, laissant présager un avenir radieux.

Leurs peaux s'étaient embrasées, le feu de leur passion emportant tout sur son passage.

Dove se perdit dans la contemplation de la cascade qui lui était apparue au détour d'un chemin quelques minutes après avoir quitté la maison.

Quand elle s'était réveillée dans les bras de Gabriel, elle aurait aimé que ce moment dure éternellement. Mais elle avait vite retrouvé sa lucidité.

La fusion parfaite que tous deux avaient connue pendant la nuit ne pouvait guère être qualifiée d'erreur. Toutefois, reproduire l'expérience risquait d'entraîner de graves conséquences. C'est pourquoi Dove avait préféré quitter le lit pendant que Gabriel dormait encore. Pour ne pas succomber à la tentation...

— Tu es là...

Surprise d'entendre la voix de celui qui hantait ses pensées, elle faillit trébucher sur les rochers en pivotant sur ses talons. Le cœur battant, elle planta son regard dans celui de Gabriel.

— Je voulais jeter un coup d'œil aux environs avant de partir, laissa-t-elle tomber en maîtrisant le tremblement de sa voix.

Il y eut un court silence, après quoi Gabriel hocha la tête.

— Bien sûr. Mais la présence d'un guide est conseillée.

Certains chemins peuvent s'avérer dangereux et il est facile de se perdre dans ces montagnes.

— Et le guide, ce serait toi ?

— Volontiers. Nous pourrions monter au lac ou descendre à la plage pour observer les dauphins.

— Des dauphins ?

Il hocha la tête.

— Dauphins, requins, baleines.

Le spectacle en valut en effet la peine. Une fois qu'ils furent parvenus sur un affleurement rocheux, Gabriel ne tarda pas à pointer du doigt les vagues qui s'étaient formées au loin.

— Regarde, suis des yeux le mouvement de la mer !

Quelques secondes plus tard, ils les aperçurent. Un banc de dauphins s'élevait et plongeait de manière synchronisée, leurs silhouettes grises et lisses brillant au soleil. Un spectacle d'une grâce inouïe.

Quand ils eurent disparu, Dove demanda :

— Où sont-ils partis ?

Posté tout près d'elle, Gabriel passa un bras autour de ses épaules.

— Attends un instant. Ils vont réapparaître.

Dove ne put s'empêcher de frissonner à ce contact.

Comme promis, le banc reprit son ballet à la surface de l'eau.

— Regarde bien, reprit-il. Certains sont plus petits, probablement des nouveau-nés. Nous sommes en pleine période de reproduction.

Dove tenta de dire quelque chose, puis se ravisa. Son cœur se serrait douloureusement dans sa poitrine.

— Dove…

Son prénom prononcé d'une voix si douce l'émut profondément et elle détourna les yeux pour cacher ses larmes à Gabriel.

— *Vai ficar tudo bem.*

Il s'était exprimé en portugais, langue dont elle ignorait tout, mais le ton employé la réconforta.

— Tout ira bien, traduisit-il en resserrant son étreinte autour de ses épaules. Tu as dit que tu voulais rentrer à Londres, ce que je comprends, et si tu y tiens vraiment nous pouvons nous envoler dès ce soir, mais...

— Mais ?

— Peut-être pourrions-nous prolonger notre séjour de deux ou trois jours.

Surprise, elle planta son regard dans le sien.

— Je n'ai pas envie que cela se termine ainsi, ajouta-t-il.

Ces mots la touchèrent en plein cœur. Pouvait-elle accepter cette offre ? Le devait-elle ?

Elle reporta son attention sur les vagues. Les dauphins avaient disparu, mais elle savait que leur image demeurerait éternellement gravée dans sa mémoire. Elle savait également qu'en quittant cette île le jour même elle éprouverait à jamais un sentiment d'inachevé.

— Et l'acquisition ? demanda-t-elle.

— Cela peut attendre, laissa-t-il tomber. Carrie est en mesure de gérer la situation quelques jours.

Elle le fixa attentivement. Son regard lui paraissait encore plus bleu que d'ordinaire, à tel point qu'elle eut envie de s'y noyer. Son cœur battait la chamade. Commettrait-elle une erreur irréparable en prolongeant ce séjour ? Sa mère le lui déconseillerait certainement, mais elle n'avait pas l'intention de l'en informer.

Que lui dirait-elle pour expliquer sa décision ? *Au fait, maman, juste pour que tu le saches : je vais passer quelques jours avec un ex dont tu n'as jamais entendu parler et qui m'a brisé le cœur il y a six ans parce que papa lui avait remis de l'argent en échange de quoi il devait disparaître de ma vie.*

Certes, ces mots ne reflétaient pas totalement la réalité, mais demander à sa mère son avis sur la prolongation de son séjour ne lui paraissait pas approprié. Elle n'avait pas besoin d'elle pour ressentir le danger de cette démarche. Rester auprès de Gabriel représentait un risque. Le désirer à ce point la rendait vulnérable, mais ces quelques jours supplémentaires à ses côtés l'aideraient peut-être à conjurer le sort.

Le souvenir de ses doigts sur sa peau, de ses caresses, de ses baisers passionnés finit par emporter toutes ses réticences.

Elle avala sa salive et, s'efforçant d'employer un ton égal, répondit :

— D'accord. Restons encore un peu.

Les jours qui suivirent les plongèrent dans un tourbillon émotionnel sans fin, qui n'avait rien de réel, tous deux le savaient. Ils passaient leur temps dans les bras l'un de l'autre, sans attendre rien de plus que l'assouvissement de leur passion. Le passé s'était évanoui, le futur n'existait pas, ils savouraient chaque instant, chaque minute, sans penser à l'avenir.

Ils se restauraient, buvaient des cocktails, marchaient, nageaient et dormaient. Sans jamais se quitter ou s'éloigner l'un de l'autre. À la nuit tombée, leurs sens s'emballaient et leurs corps fusionnaient de longues heures. La soif qu'ils avaient l'un de l'autre leur semblait insatiable.

Dove adorait l'île sur laquelle ils avaient échoué, la senteur de menthe sauvage qu'apportait le vent et la vue des montagnes qui apparaissaient et disparaissaient au gré des nuages. La végétation riche en fougères et hortensias aux couleurs pastel la ravissait, mais ce qu'elle aimait par-dessus tout, c'était la mer. Ce bleu intense qui lui rappelait le regard de Gabriel.

Elle reporta son attention sur lui pour détailler chacun de ses traits, chaque expression de son visage, comme si elle voulait les graver pour toujours dans sa mémoire.

— À quoi penses-tu ? lui demanda-t-il avec un sourire.

Il jouait distraitement avec ses cheveux.

— À rien, mentit-elle.

Tous deux reposaient nus sur le lit. Le soleil les inondait de sa chaleur et ils se prélassaient l'un contre l'autre.

— Et toi ? lui retourna-t-elle.

— Moi ? Je contemple la vue.

Il caressa son corps des yeux tout en dessinant le contour de ses formes d'un doigt aérien. Un geste d'une douceur exquise qui la comblait tout en la rendant vulnérable. Un jour, tout cesserait, elle le savait, même si elle préférait chasser cette pensée de son esprit chaque fois qu'elle surgissait.

— Peut-être pourrions-nous visiter le vignoble un peu plus tard aujourd'hui ? proposa-t-elle.

— Et si nous remettions cela à demain ?

— Tu disais déjà ça hier.

— Et je recommencerai probablement demain.

Il lui adressa un sourire tendre, puis ajouta :

— Et encore après-demain, et le jour d'après, et ainsi de suite...

Captivée par le regard intense dont il l'enveloppait, elle sentit son cœur battre la chamade. Comme s'il avait lu dans ses pensées, il ajouta :

— Nous pourrions rester ici encore quelque temps.

— Nous pourrions, en effet, admit-elle en se lovant contre lui.

Saisis par une même envie, ils échangèrent un long baiser, mais la sonnerie du portable de Gabriel mit fin à ce tendre intermède.

Avec un soupir, il s'en saisit et sa mine s'assombrit.

— C'est Carrie.

— Réponds, l'encouragea Dove.

Si sa directrice des opérations cherchait à le joindre alors qu'il avait demandé à ne pas être dérangé, l'appel devait revêtir une grande importance.

Quand elle le vit décrocher pour répondre à son interlocutrice,

Dove quitta le lit pour se rendre dans la salle de bains. Une fois la porte refermée sur elle, elle contempla son reflet dans le miroir. Il fallait qu'elle reprenne le contrôle de ses émotions. Ce qu'elle vivait depuis quelques jours n'était qu'une aventure sans lendemain. Même si Gabriel et elle s'entendaient à merveille sur le plan sexuel, leur histoire n'avait pas d'avenir. À leur retour à Londres, chacun reprendrait le cours de sa vie.

Une fois de retour dans la chambre, elle vit que Gabriel s'était rhabillé. Posté devant la fenêtre, il lui tournait le dos et serrait le combiné contre son oreille. Une grande tension semblait l'habiter.

— Ce n'est pas à elle de décider, l'entendit-elle maugréer. Si cela lui pose problème, elle n'a qu'à en parler à son... fils.

Alors qu'il butait sur ce mot, il leva les yeux et vit que Dove était revenue dans la chambre.

— Il faut que j'y aille, dit-il à son interlocutrice. Tiens-moi au courant.

D'un geste nerveux, il coupa la communication et laissa tomber le téléphone sur la table de nuit.

— Y a-t-il un problème ? demanda Dove tout en revêtant un peignoir.

— On peut dire cela, oui, marmonna-t-il. Fenella Ogilvy refuse le changement de nom.

Dove l'observa en silence. Les changements de noms n'étaient pas fréquents dans le cadre d'acquisitions. Angus, président par intérim de l'entreprise et fils de Fenella Ogilvy, avait accepté cette modification, sans en informer sa mère, apparemment.

— Que veut-elle ?

— Aucune importance, cela ne se produira pas.

— Qu'est-ce qui ne se produira pas ?

— Elle veut me rencontrer.

Gabriel s'était exprimé sèchement et la mine sombre qu'il

arborait ne présageait rien de bon. La tendre intimité partagée un peu plus tôt avec lui s'était évaporée.

— D'accord..., intervint Dove d'un ton égal. Il s'agit d'une entreprise familiale. Parfois, les actionnaires, en particulier les membres d'une même famille, s'inquiètent à propos de l'héritage qu'ils laissent. Tu le sais. Si tu la rencontrais...

— Pas question. Je ne suis pas prêt.

Pas prêt ?

Postée à distance, Dove observait les traits tirés de Gabriel. Ce qu'il venait de dire ne reflétait pas la réalité. Dans l'équipe, il était la personne la plus capable, la plus informée.

— Je ne comprends pas ce que tu entends par « prêt »...

— Tu n'as pas besoin de comprendre. Tu n'es qu'un rouage dans cette affaire.

Ces mots l'atteignirent en plein cœur. La dureté de ces paroles lui faisait l'effet d'un coup de poignard. Quelques jours auparavant, elles ne l'auraient pas blessée à ce point. Mais la situation avait évolué. Tous deux avaient réussi à effacer les erreurs et mensonges du passé et à retrouver la belle entente qu'ils partageaient autrefois. À présent, quelques relents de leur ancienne animosité venaient tout gâcher.

Dove ne voulait pas qu'il en soit ainsi... que leur relation ressemble à celle de ses parents. À cette idée, elle se sentit chanceler et s'adossa au mur de la chambre. L'ancienne Dove – celle qui s'était évertuée pendant si longtemps à apaiser les tensions entre Oscar et Olivia – aurait recommandé le plus grand calme, mais cette femme-là n'existait plus.

Levant le menton, elle planta son regard dans le sien.

— Ne me parle pas de cette manière, s'il te plaît. C'est grossier et inutile.

Gabriel garda un instant le silence. Ses yeux contenaient une colère sourde et aussi autre chose, une émotion indéfinissable.

— Direct, pas grossier, mais je te rejoins sur le fait que c'est inutile. Je ne devrais pas avoir besoin de te rappeler que certaines décisions n'entrent pas dans tes attributions. Tu n'es pas payée pour cela.

Stupéfaite, Dove plissa les yeux, puis hocha la tête.

— Je le sais, admit-elle avec le plus grand calme, pour autant, cela ne t'autorise pas à me parler ainsi.

— Pourquoi ? Parce que nous sommes amants ?

— Exactement, rétorqua-t-elle d'un ton furieux cette fois. Je ne couche pas avec n'importe qui, Gabriel.

Avec personne depuis six ans, faillit-elle ajouter.

— Je couche avec toi parce que tu comptes à mes yeux, reprit-elle. Je n'apprécie pas seulement le sexe avec toi et pensais qu'il en était de même pour toi. Apparemment, je me suis trompée.

— En effet.

Il y avait de l'électricité dans l'air à présent. Dove fixait Gabriel avec colère, tant elle trouvait la situation injuste.

— Pourquoi te comportes-tu de cette manière ? Qu'est-ce qui ne va pas chez toi ?

Gabriel pivota sur ses talons et alla se poster devant la fenêtre. Dove le regarda s'éloigner en silence. Malgré l'irritation qu'elle ressentait, la tension qu'elle percevait dans l'attitude rigide de son compagnon l'intriguait. Le cœur serré, elle s'interrogeait sur ce qui avait provoqué ce revirement de situation. Quelques secondes auparavant, elle avait avoué les sentiments qu'il lui inspirait et ne se sentait pas capable de l'abandonner dans cet état. Bien qu'il lui tourne le dos, elle percevait la colère qui l'habitait. Pas seulement de la colère, quelque chose de plus puissant encore. Une frustration incommensurable. Il fallait qu'elle perce l'abcès...

— Tu es prêt, Gabriel.

Ces mots lui firent l'effet d'une déflagration. Non pas par leur signification, car il ne l'avait pas intégrée, mais parce qu'ils témoignaient de la présence de Dove dans la pièce, alors qu'il voulait qu'elle disparaisse. Si elle était partie, il aurait pu continuer de l'accuser, de la haïr. Elle aussi aurait dû le détester, parce qu'il venait de faire preuve de froideur et de cruauté. Mais elle n'avait pas quitté les lieux, rendant la situation intolérable.

— Tu es prêt, répéta-t-elle dans son dos.

Cette fois, il comprit ce qu'elle lui disait.

Non, il n'était pas prêt.

Le sang pulsant sans les veines, il contemplait les cimes de la montagne au loin. La perspective de rencontrer Fenella ravivait en lui une blessure qui n'avait jamais cicatrisé. Et la présence de Dove, derrière lui, renforçait le sentiment de culpabilité qu'il éprouvait à son égard. Elle avait raison : il s'était montré grossier. Délibérément. Parce qu'il avait eu besoin de laisser libre cours à la frustration qui l'habitait. Pour autant, il ne se sentait pas capable de lui avouer ce qu'il cachait depuis si longtemps.

Sans se retourner, il haussa les épaules.

— C'est compliqué, finit-il par dire.

Dove demeura silencieuse pendant un court instant, puis le rejoignit à la fenêtre.

— Essaye de simplifier les choses, alors. Si tu devais résumer le problème avec Fenella, tu dirais quoi ?

Gabriel se retourna, sur le point d'opter à nouveau pour un mensonge, mais en découvrant l'expression inquiète inscrite sur le visage de Dove il se ravisa. Son regard intense provoqua une onde de choc en lui. Inutile de tergiverser, il comprit qu'il lui devait la vérité.

— Fenella est ma mère.

8

En prononçant ces mots à haute voix pour la toute première fois, Gabriel crut que le sol allait s'effondrer sous ses pieds, mais rien de tel ne se produisit. Arrimé au regard sérieux de Dove comme à une bouée de sauvetage, il ajouta, pour le cas où elle n'aurait pas compris :

— Ma mère biologique.

Dove hocha la tête. Sans doute pensait-elle que Gabriel souffrait d'avoir été confié à l'adoption. Ce n'était pas faux, mais elle ignorait que sa mère biologique l'avait rejeté à deux occasions.

— J'ignorais que tu avais été adopté, dit-elle simplement.

— Je n'ai jamais abordé le sujet.

Cette vérité, Gabriel n'avait jamais jugé utile de la révéler. Il l'avait gardée enfouie au plus profond de lui, en grande partie par loyauté à l'égard de Luis et Laura, qui avaient été ses parents dans tous les sens du terme.

— Quand l'as-tu découvert ?

— Que j'étais un enfant adopté ? J'ai l'impression de l'avoir toujours su. Je ne me rappelle pas le jour où mes parents adoptifs me l'ont appris. Ils en parlaient d'une manière ouverte et très positive. Ils n'ont jamais cherché à me faire comprendre qu'ils m'avaient sorti d'une situation épouvantable. Nous formions une famille heureuse et unie. Pendant très longtemps, je n'ai jamais pensé à mes parents biologiques.

Si cette situation avait perduré, Gabriel n'aurait probablement jamais blessé la jeune personne qui lui faisait face à cet instant précis. Il ne l'aurait pas contrainte à quitter son environnement et ne l'aurait pas entraînée dans cette vindicte ridicule.

— Qu'est-ce qui a changé ? lui demanda-t-elle.

La question directe qui venait de lui être posée le ramena à l'instant présent. Il admirait le courage de Dove, qui, au lieu d'abandonner la partie, avait décidé de rester auprès de lui. Il lui en était extrêmement reconnaissant. Comme autrefois, quand elle avait accepté de lui parler lors de leur toute première rencontre.

— Nous avons découvert que mon frère, Tom, était hémophile. Une affection transmise par la mère. Je crois que c'est cette découverte qui m'a amené à me poser des questions sur mes parents biologiques. Plus j'y pensais, plus je m'interrogeais. Que faisait ma mère ? Lui ressemblais-je ? Pourquoi avait-elle choisi de me faire adopter ?

Plus tard, il s'était demandé si elle avait regretté son geste. Si une seconde chance était envisageable…

— As-tu questionné tes parents à son sujet ?

— Non, répliqua-t-il en secouant la tête. Ils m'auraient aidé… apporté tout leur soutien… mais je m'en voulais de vouloir savoir. Comme si je les jugeais. Et ils ne méritaient pas cela. Ce sont des gens formidables.

Comme toi, songea-t-il sans oser le formuler.

— Je n'ai rien entrepris pendant très longtemps, puis, environ dix-huit mois avant que je te rencontre, j'ai accompagné mon frère à l'hôpital. Tandis que je patientais dans la salle d'attente, j'ai aperçu une affiche qui traitait de la recherche de parents biologiques. J'y ai vu un signe du destin.

— Tu as donc décidé de prendre contact avec Fenella ?

— J'ai mis six mois à me décider. Je lui ai envoyé une lettre contenant mon numéro de téléphone.

L'excitation, la peur, la culpabilité, l'espoir ressentis alors lui revinrent en mémoire.

— L'agence à laquelle je m'étais adressé m'avait mis en garde sur le point suivant : souvent, les mères biologiques ne souhaitaient pas donner suite. Mais Fenella m'a très vite envoyé un texto pour me proposer un rendez-vous dans un hôtel.

Il sentit sa gorge se serrer et dut s'éclaircir la voix avant de poursuivre son récit.

— J'étais nerveux, excité. Je lui avais acheté des fleurs, des tulipes. Je suis arrivé en avance, elle avait du retard, mais j'ai pensé qu'elle devait être nerveuse, elle aussi.

Il détourna les yeux et une image lui revint en mémoire. Celle d'un hôtel de seconde catégorie, avec ses tables en bois éraflées et ses fauteuils défoncés. Un endroit miteux, situé à des kilomètres du centre-ville. Il aurait dû comprendre les intentions de Fenella, mais n'y avait vu aucun mauvais présage.

— Je consultais mon téléphone quand cet homme est entré. Je me rappelle avoir pensé qu'il était beaucoup plus élégant que la clientèle de l'hôtel. Il portait un costume impeccable et des chaussures de marque. Il semblait chercher quelqu'un, une maîtresse peut-être.

Il eut un petit rire amer, avant d'ajouter :

— Puis il m'a vu et est venu vers moi pour me demander si j'étais bien James Balfour. Le nom qui figurait sur mon acte de naissance...

Gabriel hocha la tête, comme il l'avait fait face à cet homme pour répondre à sa question. Il avait ressenti un vague malaise, comme s'il était un peu perdu. Il n'était plus Gabriel mais James. Un étranger conversant avec un autre étranger dans un bar inconnu.

Pendant des semaines après cet épisode, il n'avait plus pu se regarder dans le miroir de peur de n'y découvrir aucun reflet. Le souvenir à cet instant précis le remettait dans cet état second qu'il espérait ne plus jamais revivre.

— Qui était-ce ?

— Il s'appelait Charles Lambton, avocat de profession. L'avocat de ma mère. Tu vois, je m'étais trompé sur toute la ligne. Elle n'était pas en retard. Elle avait simplement décidé de ne pas venir. Elle ne m'avait même pas envoyé de message pour me prévenir.

— Que t'a dit cet avocat ?

— Pas grand-chose. Il se comportait d'une manière civilisée, polie. Il en est venu directement aux faits. Il s'est excusé pour ce « subterfuge », je crois que c'est bien le terme qu'il a utilisé, et m'a annoncé que sa cliente avait préféré ne pas se présenter au rendez-vous. Elle avait jugé plus pertinent d'envoyer une personne de confiance à sa place.

Abasourdi, Gabriel avait senti son cœur battre follement dans sa poitrine en apprenant cette nouvelle.

— Plus pertinent, c'est-à-dire ?

Gabriel avala sa salive pour se donner le courage de continuer son récit. Il allait devoir relater le pire moment de cette rencontre. Et ce qui avait suivi. Chaque fois qu'il se remémorait cet épisode, il était pris de vertige. Pour y remédier, il buvait un verre d'alcool fort ou partait courir jusqu'à ce que la douleur infligée à ses poumons dépasse celle qui lui serrait le cœur.

— Parce que ma mère menait, mène encore, sa vie ailleurs. Avec un mari, une fille… un fils. Ce dernier a trois ans de moins que moi.

Gabriel ne savait pas ce qui le faisait souffrir le plus : que sa mère ait fondé une famille si peu de temps après l'avoir rejeté, ou qu'elle ait oublié jusqu'à son existence.

— Ah… et cette famille possédait une société immobilière.

— En gros, elle ne voulait pas gâcher sa vie à cause d'une erreur de jeunesse, un coup d'un soir sur une plage au Portugal. Elle voulait m'effacer de sa mémoire, d'où sa décision de me confier à l'adoption. Ainsi, je demeurerais un secret. À aucun moment, elle n'a songé à m'offrir une seconde chance. Il n'y avait pas de place pour moi dans sa vie.

Dove mesurait l'horreur de la situation, le traumatisme que Gabriel avait vécu. Sans le quitter des yeux, elle prit ses mains entre les siennes. Un geste qui permit à son compagnon d'aller au bout de son récit.

— Ensuite, Charles Lambton m'a tendu une enveloppe qui contenait, selon ses propres mots, une compensation pour le dommage que j'avais subi.

Dove avait la gorge serrée par l'émotion et peinait à respirer.

— Oh ! Gabriel..., souffla-t-elle.

— Je m'attendais à autre chose. Ce que je veux dire, c'est que... je comprenais qu'avoir un enfant à l'âge de dix-neuf ans pouvait être une épreuve difficile... mais de là à refuser de me rencontrer...

Gabriel avait les traits tirés, le teint beaucoup plus pâle que d'ordinaire, et un chagrin immense se lisait dans son regard.

— Je suis vraiment désolée, murmura Dove.

Elle comprenait mieux désormais l'effet qu'avait produit sur lui la rencontre avec son père dans ce bar où il l'attendait depuis des heures. Pas étonnant qu'il ait accepté de l'argent pour disparaître. Une situation presque identique à celle qu'il avait vécue auparavant. Un traumatisme qui se répétait. Un sentiment d'abandon des plus dévastateurs qui expliquait pourquoi il ne lui en avait jamais parlé. Elle le comprenait d'autant plus qu'elle-même s'était réfugiée dans le même silence. Dire à qui que ce soit des choses difficiles à entendre, à accepter, relevait presque de l'impossible.

Dove n'y était jamais parvenue.

Mais Gabriel, oui.

Prise d'une impulsion incontrôlable, elle se lova dans ses bras pour que leurs deux cœurs battent à l'unisson. Et c'est à cet instant précis qu'elle comprit à quel point elle aimait cet homme. Il n'avait jamais quitté ses pensées, malgré tous les efforts fournis pour l'oublier. Voilà pourquoi elle avait cédé au chantage qu'il avait exercé sur elle à Londres. Cet amour incommensurable qu'elle lui vouait expliquait aussi les raisons de son célibat. Aucun homme n'aurait pu le remplacer. Elle n'aurait jamais permis à personne d'autre de l'embrasser, de la toucher.

Les bras enroulés autour de son cou, elle ressentit soudain l'urgence de lui avouer la vérité sur ses sentiments. Mais le moment ne s'y prêtait pas, comme en témoignait la tension qui habitait son compagnon.

Levant les yeux vers lui, il lui sembla voir l'enfant dans les traits de l'homme qui lui faisait face. Depuis le début, elle s'était interrogée sur les raisons qui le poussaient à acquérir Fairlight Holdings. Gabriel aurait pu opter pour un bien meilleur investissement, mais aucune autre affaire appartenant à sa mère ne se trouvait sur le marché. Or, il voulait se rappeler à la mémoire de Fenella Ogilvy et peut-être nouer le contact avec elle.

— Tu veux donner une nouvelle chance à ta mère biologique, n'est-ce pas ? demanda-t-elle.

Il fronça les sourcils tout en la fixant droit dans les yeux. Une colère sourde l'animait à nouveau.

— Une nouvelle chance ? Il n'en est pas question. Je ne veux rien avoir à faire avec elle. Quand l'acquisition sera actée, j'enverrai quelqu'un la rencontrer dans un hôtel de mon choix, pour qu'elle sache que son affaire de famille m'appartient désormais. Appartient à ce fils qu'elle a abandonné, qui n'était pas assez bien pour elle.

Dove retenait son souffle. Elle se trompait, l'injustice dont il avait été victime lui procurait toujours autant de haine. Elle l'entourait d'une ombre maléfique. Comme son père, qui avait nourri toute sa vie une rancune tenace qui l'avait empêché de connaître le bonheur.

À l'idée que Gabriel ressemble un jour à son père, elle sentit son sang se glacer.

— Oui, et après ? demanda-t-elle avec le plus grand calme apparent.

— Je reprendrai le cours de ma vie, comme avant.

Dove le contempla longuement sans rien dire. Les disputes incessantes entre ses parents lui revinrent en mémoire. Les colères froides, inexplicables, de son père. Sa mère qui se refusait à le quitter, pour des raisons obscures.

— Fuir ne résout pas les problèmes, Gabriel. Nous sommes bien placés pour le savoir. Si nous l'avions fait, nous ne serions pas ensemble ici, nous n'aurions pas cette conversation.

— C'est différent.

— En quoi ?

Elle se mordit la lèvre inférieure. La douleur inscrite dans les yeux de Gabriel, la tension de ses épaules lui étaient insupportables. L'acquisition qu'il visait ne serait qu'une solution temporaire, un pansement sur une jambe de bois. Cette opération ne réparerait jamais les dégâts occasionnés par un abandon maternel, ou un mariage condamné à l'échec.

— Tu es en colère, blessé, et c'est normal. Ta mère a commis une faute grave il y a sept ans de cela. Mais de l'eau a coulé sous les ponts depuis. Les choses sont différentes. Toi aussi. Peut-être qu'en lui parlant, en lui disant ce que tu as sur le cœur...

— J'ai déjà essayé...

— Et alors ? Ne peux-tu pas recommencer ? Lui donner une seconde chance ?

— Je n'offre jamais de seconde chance.

— Tu l'as bien fait avec moi !

— C'est différent, objecta-t-il à nouveau.

— Pas tant que cela.

Son cœur battait la chamade, comme après une longue course, mais elle devait aller au bout de sa démonstration.

— Je sais à quel point il est difficile de lâcher prise, mais crois-moi, quelle que soit la punition que tu penses infliger à Fenella Ogilvy, cela ne te suffira pas. Comme cela n'a pas suffi à mes parents. C'est toi au final que tu puniras.

Gabriel plissa les yeux et pencha la tête de côté.

— Je croyais que tes parents s'aimaient.

Dove se sentit soudain très vulnérable. C'était ce qu'elle avait prétendu devant Gabriel toutes ces années, par nécessité, par peur et par honte. Mais après tout ce qu'il lui avait révélé elle lui devait la vérité.

— Je t'ai menti... sans le vouloir réellement. Je pensais pouvoir te dire la vérité. Mais tu m'avais montré une photo de ta famille, prise à Noël. Vous aviez l'air si heureux et tes parents se regardaient avec adoration. Je n'ai jamais connu de situation semblable. Certainement pas avec mes parents. Peut-être se sont-ils aimés au début, mais je crois que ma mère a très vite compris ce que mon père appréciait particulièrement en elle : sa fortune. Elle avait cherché à le punir en le privant d'argent. Mon père la punissait à son tour en prenant pour maîtresses ses meilleures amies.

Gabriel, surpris, haussa les sourcils.

— Et toi, dans ce tableau, où figurais-tu ?

— Moi ?

Elle eut un sourire teinté d'amertume.

— Je leur servais de punching-ball. Je m'interposais dans leurs querelles, jouais le rôle d'intermédiaire et obtenais parfois des résultats. Mais les accalmies ne duraient pas. Parfois, tout allait bien pendant un jour ou deux, puis mon père provoquait ma mère et les disputes reprenaient de plus belle. Ma mère le provoquait aussi, mais Oscar dépassait toujours les bornes. Quant à moi, je mettais tout en œuvre pour apaiser les tensions.

— La résolution des problèmes… Ce qui te captive dans ton métier…

Se rappelant leur conversation à bord de l'*Argentum,* sur les raisons qui lui avaient fait choisir le droit des affaires, elle hocha la tête.

— Je sais que je n'aurais pas dû te mentir, mais après avoir vu cette photo de famille j'ai paniqué. J'avais peur qu'en te disant la vérité, en te révélant que mes parents avaient passé leur vie à se haïr, tu voies les choses différemment. Que tu *nous* voies différemment. J'ai menti parce que tu m'as fait désirer… l'impossible.

L'amour, et la possibilité d'un attachement éternel.

Six ans auparavant, blottie dans les bras de l'élu de son cœur, elle avait pour la première fois connu l'amour, l'espoir et la foi en l'avenir. Une sensation prodigieuse, enivrante. Mais elle aurait dû savoir à l'époque que la magie cesserait. Avec des mensonges et des regrets.

Soudain très triste, elle détourna les yeux pour cacher les larmes qui perlaient à ses paupières. Elle ne voulait pas que Gabriel la regarde comme il l'avait fait à Londres, avec colère et mépris.

— Que désirais-tu exactement ? lui demanda-t-il.

La même chose qu'aujourd'hui. Peut-être même plus encore, parce qu'elle le connaissait beaucoup mieux à présent. Mais elle ne pouvait pas le lui dire. Un historique lourd pesait entre eux, trop de peine et de larmes.

— Je... je te voulais, toi. Je *nous* voulais. Avant, je voyais dans une relation, un mariage, une cage, un piège. Mais avec toi une autre vision m'était apparue : un mélange de joie, de liberté et de sécurité.

Lorsqu'il resserra son étreinte autour de son corps, elle comprit avec stupeur qu'elle avait exprimé son souhait le plus cher à haute voix. À présent, elle se sentait vulnérable, stupide, et craignait terriblement qu'il ne lise en elle à livre ouvert. Qu'il ne découvre à quel point elle tenait à lui. Alors, elle nicha le visage dans son cou.

— Je ressentais la même chose, murmura-t-il.

Après cet aveu, le silence se fit dans la pièce. Puis, Gabriel reprit la parole.

— Je suis désolé. De t'avoir obligée à travailler pour moi, de vous avoir menacés, Alistair et toi. Je n'aurais jamais dû me conduire de cette manière. Je savais que j'avais tort, mais j'étais aveuglé par la colère. Je t'en voulais terriblement. J'étais furieux contre moi aussi. J'en voulais à la terre entière. Cette colère m'habite encore, j'aimerais qu'il en soit autrement, mais...

Quand il s'interrompit, Dove leva les yeux vers lui. La douleur qu'il exprimait la toucha au plus profond de son cœur.

— J'en ai assez de me sentir aussi mal, ajouta-t-il d'une voix lasse, c'est pourquoi je tiens à aller au bout de ce projet d'acquisition. Après, je pourrai enfin aller de l'avant. J'en ai besoin, mais je ne veux pas te forcer à accomplir une mission qui te déplaît.

— Tu me licencies ? demanda-t-elle en s'efforçant de maîtriser sa voix.

Il prit ses mains entre les siennes.

— Non, mais si tu restes je veux que tu le fasses de ton plein gré. Et si tu décides de t'en aller sache qu'il n'y aura aucune répercussion. Je veux que cela soit bien clair entre nous.

Gabriel pensait-il vraiment qu'elle avait décidé de rester par crainte de le voir mettre ses menaces à exécution ?

Elle sonda son regard à la recherche d'une réponse. Elle comprit alors qu'il la laissait libre de choisir. Mais il n'y avait aucun choix possible. Elle ne voulait pas le quitter. Pas encore, en tout cas.

— Je veux continuer, affirma-t-elle d'une voix tranquille.

Gabriel se sentait apaisé, détendu, depuis que Dove avait pris la décision de rester, quelques jours auparavant. Le soir, quand elle se lovait contre lui, il savourait la chaleur qu'elle lui communiquait. Leurs étreintes passionnées le comblaient de bonheur. À tel point qu'il ne pouvait plus se passer d'elle.

— Je n'ai jamais désiré personne comme je te désire toi, lui avoua-t-il après une longue nuit d'étreintes passionnées. Que dirais-tu de m'accompagner à New York ? J'y suis attendu pour un dîner qui se tient là-bas dans le cadre d'un événement caritatif. Je pensais annuler et envoyer des dons, mais pourquoi ne pas nous y rendre ensemble ?

— À New York ?

— Pourquoi pas ? Nous n'avons pas besoin d'assister à l'événement. Nous pourrions profiter de ce séjour pour aller voir un spectacle, par exemple.

Elle le fixa, fascinée par la douceur de son regard. La proposition qu'il venait d'énoncer la tentait terriblement.

— Cela fait-il de moi ta maîtresse officielle ? demanda-t-elle avec un soupçon d'ironie. Je pensais ne représenter à tes yeux qu'une distraction.

— Pourquoi pas les deux ?

— Je ne sais pas...

— Eh bien, moi, oui. Viens avec moi. Si tu as besoin d'une excuse pour Alistair, je saurai le convaincre. Nous irons le voir… dès que tu auras cessé de me distraire.

Sur ces mots, il lui sourit et l'attira à nouveau tout contre lui. Dans leur regard luisait le même désir, celui de s'offrir l'un à l'autre encore et encore. Dove brûlait d'envie d'avouer la force de ses sentiments, mais savait que pour Gabriel il s'agissait de sexe uniquement.

Pas d'amour.

— Je n'ai pas besoin de trouver une excuse, finit-elle par déclarer avec un sourire.

Après quoi, ils s'étreignirent avec fougue.

9

Le regard tourné vers le hublot de son jet privé, Gabriel laissait ses pensées dériver au gré des nuages. Mais ceux-ci bougeaient lentement, alors que son esprit en ébullition faisait des allers et retours entre le passé, le présent et l'avenir. Il pensait à sa mère qui l'avait rejeté non pas une, mais deux fois. Et l'idée de la rencontrer créait en lui un malaise dont il peinait à se défaire.

Mieux valait pour l'heure se concentrer sur le présent et sur la femme qui l'accompagnait dans ce périple. La femme qui avait décidé de rester auprès de lui alors qu'il avait tenté de la repousser, à qui il avait dévoilé des secrets enfouis en lui depuis si longtemps et qui avait su le réconforter.

Il leva les yeux vers elle et la couva du regard. Confortablement installée, elle lisait un livre. Peu avant leur départ, ils avaient eu une longue conversation à propos de ses parents, et il savait qu'elle s'interrogeait encore sur le comportement de son père six ans auparavant, sur les raisons qui avaient motivé son geste à l'égard de Gabriel, mais elle avait renoncé à chercher des réponses. Sans doute parce que son père n'était plus là. Et aussi parce qu'elle préférait résoudre les problèmes plutôt que de mener des combats inutiles.

Dove ne l'avait plus interrogé sur Fenella et lui avait simplement suggéré de lui écrire une lettre.

— Tu n'as pas besoin de la lui envoyer, avait-elle précisé. Écris tout ce que tu as sur le cœur et peut-être qu'un jour, quand tout sera clair dans ton esprit, quand tu te sentiras prêt à l'affronter, tu pourras organiser une rencontre.

Il avait compris l'idée, avait failli la mettre à exécution, mais en avait été empêché par l'attirance que Dove exerçait sur lui. Elle occupait toutes ses pensées. Il n'avait de cesse de la dévorer des yeux, d'écouter le son de sa voix, de boire ses paroles, de l'étreindre encore et encore. À cet instant précis, il brûlait de prendre son visage en coupe et se noyer dans son regard lumineux jusqu'à...

Jusqu'à la fin des temps ?

La question demeurait suspendue dans l'air, dansait devant ses yeux quand soudain un sentiment de paix se propagea en lui, une paix teintée d'euphorie. *Jusqu'à la fin des temps auprès de Dove.* Partager sa vie avec elle, dormir avec elle toutes les nuits...

Mais à quoi pensait-il ?

Il sentit sa poitrine se serrer. Il n'y avait pas d'avenir entre lui et Dove. Elle le connaissait trop bien pour désirer plus qu'un intermède de quelques jours en sa compagnie avant de le quitter. C'était tout ce qu'il pouvait lui offrir, en guise de compensation pour la façon épouvantable dont il l'avait traitée.

Pour toutes les horreurs qu'elle avait subies.

Il reporta son attention sur le ciel à travers le hublot. Quand elle lui avait relaté le mariage de ses parents, il avait ressenti du dégoût pour lui-même. Pendant toutes les années qui avaient suivi leur rupture, il l'avait condamnée sans procès. Et jusqu'à ce qu'il l'oblige à travailler pour lui il pensait avoir été le seul à souffrir.

Mais Dove avait traversé des épreuves terribles. Il s'était trompé sur toute la ligne. Elle aussi avait eu son lot de souffrances.

Pour ce qui concernait l'acquisition qu'il visait, elle avait raison. Les choses étaient différentes aujourd'hui. Le jeune garçon d'autrefois, sans le sou, était devenu un homme riche, puissant et prospère.

Elle se trompait en revanche sur d'autres aspects. Les changements opérés en lui n'avaient pas effacé les traumatismes du passé. Le rejet de sa mère le hantait encore. Et il ne pouvait pas se résoudre à parler à Fenella tout simplement parce qu'il ne supportait pas de se voir rejeter à nouveau.

Il manquait de pugnacité, contrairement à Dove.

La manière dont elle l'avait affronté sur l'*Argentum,* alors qu'elle aurait pu quitter le navire avec le reste de l'équipe, lui revint en mémoire. Elle possédait un courage dont il était dépourvu. C'est pourquoi il devait aller au bout de son projet comme il l'entendait. Après quoi, Fenella Ogilvy et James Balfour appartiendraient au passé. Il visait cet objectif depuis presque un tiers de sa vie.

— Qu'y a-t-il ?

L'inquiétude contenue dans la question de Dove le sortit de sa réflexion. Il tourna le regard vers son visage soucieux.

— Rien, mentit-il. Je réfléchissais au spectacle auquel nous pourrions assister.

Il savait qu'elle se tracassait à son sujet. Qu'elle avait accepté de rester à cause des propos qu'il avait tenus sur sa mère. Il se dégoûtait de l'avoir choquée, de lui avoir fait peur.

Il désirait à présent prendre soin d'elle, la protéger. Une mission vouée à l'échec, puisque cela supposait de la protéger contre des hommes tels que son père et lui. Des hommes brisés de manière irrémédiable, des hommes qui en voulaient à la terre entière.

— Nous n'avons pas besoin d'assister à un spectacle. De toute façon, il est peu probable que nous obtenions des billets.

— Ne t'inquiète pas pour cela. En fait, ne t'inquiète de rien, je me charge de tout.

Il se pencha en avant pour poser une main dans le creux de son cou. Tous deux avaient embarqué à bord du jet une heure auparavant, après avoir fait l'amour plusieurs fois la nuit précédente. Pourtant, leur soif l'un de l'autre n'était pas assouvie, comme en témoignait le feu qui brillait dans leurs yeux. Leurs lèvres s'unirent en un baiser torride et, emportés par leur passion, ils gagnèrent la cabine située à l'arrière de l'appareil. Alors qu'ils s'étreignaient sur le lit, une sonnerie les coupa dans leur élan.

Gabriel saisit le téléphone de Dove et se rembrunit en découvrant l'émetteur de l'appel.

— C'est ta mère.

— Elle n'a probablement rien d'important à me dire, répliqua Dove après une brève hésitation. Je la rappellerai.

Sur ces mots, elle l'attira tout contre elle et lui tendit les lèvres. Mais la sonnerie du téléphone retentit à nouveau.

Se redressant dans le lit, Gabriel soupira puis remit l'appareil à sa compagne.

— Ce n'est pas grave. Prends cet appel. Mais sache qu'il nous reste quatre heures de vol et j'ai bien l'intention de les passer avec toi dans ce lit.

Se redressant à son tour, Dove déposa un baiser sur ses lèvres avant de décrocher.

— Bonjour, maman.

Gabriel se laissa retomber sur le lit et ferma les yeux. Il sentait la chaleur de Dove à ses côtés et brûlait de l'étreindre encore et encore. Quatre heures à bord de ce jet ne suffiraient pas à le rassasier de cette jeune femme.

— Mais... qu'ont-ils dit ? Va-t-il se remettre ?

Le ton angoissé de Dove sortit Gabriel de ses pensées. Il

rouvrit les yeux et sonda le visage crispé de celle qui était devenue pour lui aussi indispensable que l'air qu'il respirait.

— Que se passe-t-il ? lui demanda-t-il.

Les yeux brillants de larmes, Dove posa une main sur le combiné et se tourna vers lui.

— C'est Alistair, répondit-elle d'une voix tremblante. On l'a transporté à l'hôpital. Ma mère n'arrivait pas à le réveiller et, quand elle y est parvenue, il avait du mal à s'exprimer.

Comme Gabriel l'encourageait à en dire davantage, elle poursuivit :

— Il a probablement eu une attaque, ou bien c'est dû à son diabète.

Elle laissa échapper un sanglot avant d'ajouter :

— Mon père est mort avant que j'arrive à l'hôpital. Je... je ne veux pas revivre cela.

Les yeux rivés sur son visage pâle, Gabriel sentit son cœur se serrer. Il comprit alors à quel point cette jeune femme comptait pour lui. Dove avait besoin de lui, rien d'autre n'avait d'importance désormais. Il ferait tout son possible pour l'aider à supporter cette épreuve.

— Tout ira bien, fais-moi confiance, lui dit-il en lui prenant le téléphone des mains.

Il s'éclaircit la gorge avant de s'adresser à la mère de Dove.

— Madame Cavendish, Gabriel Silva à l'appareil. Pouvez-vous me dire dans quel hôpital se trouve Alistair ?

Dove traversa les trois heures suivantes dans un état d'anxiété extrême. Les mains serrées autour de son téléphone, elle appréhendait de l'entendre sonner à nouveau. Des larmes intarissables coulaient sur son visage et elle tremblait de tous ses membres.

Seule, elle n'aurait pas su comment gérer la situation. Mais, seule, elle ne l'était plus. Gabriel l'accompagnait. Après avoir raccroché avec sa mère, il avait tout pris en charge. L'avion avait changé de cap pour voler vers Londres.

Puis, quand ils prirent la route à bord de la limousine qui les attendait à l'aéroport, Gabriel passa un bras autour de ses épaules pour lui apporter un peu de réconfort.

— Il est entre de bonnes mains, lui dit-il pour la rassurer.

Elle tourna son visage vers lui.

— J'espère ne pas arriver trop tard…

— Cela ne se produira pas. Nous sommes à cinq minutes de l'hôpital maintenant. Et garde à l'esprit que tous les espoirs sont permis. Ta mère a réagi comme il le fallait. Elle n'a pas perdu de temps pour appeler une ambulance.

Au souvenir de la voix tremblante de sa mère au téléphone un peu plus tôt, elle sentit son cœur se serrer. Olivia et Alistair avaient grandi ensemble et se connaissaient depuis toujours. Ils s'étaient même fiancés très jeunes, avant qu'Olivia ne fasse la connaissance d'Oscar et ne tombe amoureuse de lui. Mais leur amitié avait perduré au fil du temps malgré leur rupture. Dove se rappelait la merveilleuse entente que tous deux partageaient. Une complicité qu'elle n'avait jamais observée entre ses parents.

— Je ne sais pas comment elle survivra si le pire se produit…

— Elle est plus forte que tu ne le crois, objecta Gabriel avec assurance.

Dove laissa échapper un soupir.

— Elle n'a jamais vraiment su se battre…

Il y eut un silence, puis Gabriel reprit la parole.

— Quand on a de la force, il n'est pas obligatoirement nécessaire de se battre. Mais quoi qu'il arrive nous affronterons la situation ensemble. Je suis avec toi dans cette épreuve, ne l'oublie pas.

Dove sentit son cœur se serrer de nouveau douloureusement.

Les propos de Gabriel semblaient tout droit sortis d'une série dramatique télévisée. Elle doutait de leur véracité. Mais l'heure ne se prêtait pas à y réfléchir plus longuement : ils étaient arrivés à l'hôpital.

Pendant le trajet en voiture, la panique ressentie par Dove avait fini par s'atténuer, mais à présent elle l'assaillait de plus belle. Une grande agitation régnait dans l'hôpital et une odeur de détergent flottait dans l'air. Gabriel semblait connaître parfaitement l'établissement. Un bras passé autour de ses épaules, il la guida le long des couloirs jusqu'à ce qu'ils atteignent deux immenses portes battantes.

— Ta mère se trouve dans cette salle. On ne lui a probablement pas fourni de quoi se restaurer. Je vais aller voir si je trouve quelque chose.

— Tu n'entres pas avec moi ? demanda Dove dans un sursaut de panique.

— Ta mère voudra s'entretenir avec toi en tête à tête.

Sur ces mots, il l'attira dans ses bras pour l'étreindre tendrement puis la repoussa doucement.

— Vas-y. Je t'attendrai ici.

Ses yeux, si bleus, lui rappelèrent le ciel au-dessus de l'île et la mer où ils avaient observé ensemble la danse des dauphins. Et quand il disparut elle ressentit une grande tristesse.

— Dove ! s'écria Olivia en voyant sa fille franchir les doubles portes.

— Maman !

— Oh ! ma chérie...

Les deux femmes tombèrent dans les bras l'une de l'autre. Très pâle, Olivia avait les traits tirés, mais dans son regard luisait une lueur de bonheur due sans doute à ces retrouvailles.

— Comment va-t-il ? demanda Dove. As-tu réussi à le voir ?

— Oui, on m'a autorisée à rester une dizaine de minutes à

son chevet. Il est très faible, mais il m'a reconnue et t'envoie toute son affection. Il ne veut pas que tu t'inquiètes.

Voilà qui ressemblait bien à Alistair. Même à l'hôpital, il se souciait des autres.

— A-t-il eu une attaque ?

Olivia secoua la tête.

— Je l'ai cru, mais il s'agit plus vraisemblablement d'une septicémie.

Dove fronça les sourcils.

— C'est quoi, exactement ?

Pendant un court instant, le visage d'Olivia exprima le plus grand désarroi, puis elle se reprit.

— Je ne saurais pas te l'expliquer… Je n'ai pas tout compris. Je crois que… c'est quand le corps réagit de manière excessive à une infection.

Olivia prit sa fille par le bras et l'entraîna vers un siège.

— Assieds-toi, ma chérie.

— Quel genre d'infection ? demanda Dove, une fois assise.

Olivia s'installa sur une chaise à ses côtés, puis prit ses mains entre les siennes.

— Apparemment, il s'est blessé au pied dans le jardin la semaine dernière et la plaie s'est infectée. L'infirmière m'a dit que nous pouvons tous souffrir d'une septicémie, mais qu'en cas de diabète il est plus difficile de la combattre.

— Est-ce dangereux ?

Olivia hésita un court instant avant de hocher la tête.

— Ça peut l'être, mais Alistair répond bien aux antibiotiques. On lui a administré d'autres substances, mais je n'ai pas retenu leurs noms.

Dove jeta un coup d'œil dans la salle d'attente. Une infirmière s'entretenait avec un brancardier. Au-dessus de leurs têtes, une horloge égrenait les minutes. Autour d'eux, aucun gémissement, aucun cri, tout semblait calme.

— Il va s'en sortir, j'en suis sûre, déclara Dove.

— Oui... j'y compte bien.

Olivia avait baissé la tête sur leurs mains jointes. Elle semblait prier. La tristesse qui l'accablait rappela à Dove les propos échangés avec elle au téléphone. Olivia n'avait pas réussi à réveiller Alistair...

Avait-elle passé la nuit avec lui ?

Auprès d'elles, l'infirmière parlait toujours avec le brancardier, l'horloge continuait de tourner, mais le cœur de Dove semblait s'être arrêté de battre. Les souvenirs affluaient à sa mémoire...

— Tu l'aimes, n'est-ce pas ? demanda-t-elle à sa mère.

Tandis qu'elle posait cette question à haute voix, elle voyait défiler devant elle le film de sa vie auprès de ses parents...

— Tu l'aimes vraiment, insista-t-elle, pas seulement comme un ami.

Il y eut un court silence, puis Olivia hocha lentement la tête, les yeux emplis de larmes.

— Si tu savais comme je suis désolée, Dove. Je n'aurais jamais dû épouser ton père. J'ai compris très vite que je commettais une erreur. Nous l'avons compris tous les deux. J'étais jeune, insouciante, et je ne connaissais pas la différence entre l'amour, le vrai, et s'enticher de quelqu'un. Quand j'ai compris mon erreur, il était trop tard. Ce que je te dis te choque sans doute. Tu dois être en colère, blessée, déçue... et tu en as parfaitement le droit.

Dove ne ressentait aucune des émotions évoquées par sa mère, sans doute parce que Alistair avait toujours fait partie de leur vie. Il leur avait témoigné beaucoup d'écoute et d'affection.

— Je ne suis pas en colère, maman. Plutôt confuse, en fait. Je ne comprends pas pourquoi papa et toi n'avez pas divorcé.

Olivia soupira.

— C'est compliqué.

La remarque de sa mère fit écho à une autre, semblable, prononcée par Gabriel dans un tout autre contexte.

— Alors, simplifie les choses. Si tu pouvais résumer la situation en trois mots, que dirais-tu ?

Le silence régna un court instant. Le visage d'Olivia exprimait une immense tristesse.

— Je n'ai pas besoin de trois mots, un seul suffit : chantage.

Dove planta son regard dans celui de sa mère. Sous le choc, elle avait l'impression que les murs de la pièce se désintégraient autour d'elles.

— Je... je ne comprends pas.

— Ton père avait toujours besoin d'argent. Mon héritage nous fournissait une rente généreuse, mais cela ne lui suffisait pas. Il aurait voulu disposer des fonds dans leur intégralité, or ils étaient bloqués.

— Quand il a su pour Alistair et toi, il a exercé un chantage ? Qu'as-tu fait ? As-tu emprunté de l'argent ?

Olivia secoua la tête.

— Il était au courant pour Alistair, mais comme il avait de nombreuses maîtresses il ne pouvait pas se servir de cela. Il a découvert autre chose... Ou plus exactement deviné. Et cela a suffi...

— Suffi à quoi ? Qu'a-t-il deviné ?

Olivia prit une profonde inspiration et redressa les épaules, comme pour se protéger du choc qu'allaient provoquer ses paroles.

— Il a compris que tu n'étais pas sa fille, mais celle d'Alistair.

Plus tard Dove se demanderait si elle l'avait toujours su. Mais pour l'heure elle accusait le choc.

— Alistair est-il au courant ?

Olivia hocha doucement la tête.

— Je le lui ai dit. Et j'ai annoncé à Oscar que j'allais le quitter.

— Mais tu ne l'as pas fait.

— Oscar est allé trouver Alistair pour le menacer. Il voulait provoquer un scandale, le traîner au tribunal, rendre l'information publique pour nuire à son image et à ses affaires. Alistair était dévasté. Il se sentait coupable, tout comme moi, et il vous aimait, tes sœurs et toi. Surtout toi…

— Que s'est-il passé ensuite ?

— Alistair m'a dit qu'il ne voulait pas détruire mon mariage. Pour m'épargner le scandale, il a accepté de subvenir aux besoins d'argent d'Oscar. Je n'ai appris qu'après sa mort les dégâts occasionnés par ses exigences. Il avait laissé une montagne de dettes à Alistair, qui a mis des années à les rembourser. Il a même été obligé d'hypothéquer sa maison… et les bureaux. Je suis vraiment désolée, Dove. Rien de tout cela n'aurait dû se produire. Une chose en a entraîné une autre. J'étais faible et égoïste. Je n'attends pas de toi que tu me pardonnes. Je ne le mérite pas…

— Il n'y a rien à pardonner. On ne peut pas choisir la personne qu'on aime.

Dove ne put s'empêcher de penser à Gabriel, qui lui avait inspiré ces paroles.

— Pourquoi maintenant ? reprit-elle. Pourquoi as-tu décidé de me parler maintenant ?

Olivia baissa les yeux.

— Alistair et moi n'avons pas réussi à fonder la famille que nous désirions. Et quand je l'ai vu sur ce lit d'hôpital, avec tous ces tubes et ces fils, j'ai compris que l'heure était venue pour moi de faire preuve de courage. De cesser de vivre à moitié.

Olivia se mit à pleurer à chaudes larmes, aussitôt imitée par Dove, et les deux femmes s'étreignirent pendant un long moment. Après quoi, Olivia repoussa doucement sa fille pour planter son regard humide dans le sien.

— Je sais que ce n'était pas une bonne personne, mais ne condamne pas Oscar. Je crois qu'il ne savait pas aimer…

Et, aussi surprenant que cela puisse paraître, tu comptais beaucoup pour lui.

Les deux femmes s'étreignirent à nouveau. L'horloge marquait les minutes au-dessus de sa tête, mais Dove ne l'entendait plus. Elle ne voyait plus rien, excepté le visage de Gabriel quand il avait demandé au pilote de changer de destination pour la ramener le plus rapidement possible à Londres. Elle revoyait la douceur dans ses yeux bleus quand il l'avait serrée dans ses bras.

Elle avait cru qu'il était trop tard pour envisager un avenir avec lui, mais sa mère venait de lui prouver le contraire.

Tout comme elle, il fallait qu'elle fasse preuve de courage.

Et qu'elle retrouve Gabriel.

Le couloir était vide. Chargé de boissons fraîches et de sandwichs, Gabriel consulta sa montre. Peut-être l'hôpital retrouvait-il un certain calme à l'heure du déjeuner. Ce qui était loin d'être son cas...

L'estomac noué, il se sentait anxieux. Quand il avait vu Dove franchir les grandes portes battantes, il avait dû refréner son envie de la suivre pour la protéger de ce qui l'attendait de l'autre côté. Mais la raison l'avait retenu. Il ne faisait pas partie de sa famille. Il était un étranger...

Une douleur sourde lui serra la poitrine. S'il avait adopté un tout autre comportement autrefois, les choses seraient différentes aujourd'hui. La situation avait certes évolué depuis la conversation sérieuse qu'il avait eue avec Dove. Il avait découvert en elle des facettes inattendues de sa personnalité. Lui-même avait entrevu une lueur d'espoir. Peut-être pourrait-il devenir une personne différente, lui aussi, à son contact. Et même abandonner le projet d'acquisition insensé qui l'obsédait. Écrire cette fameuse lettre à Fenella. Puis l'envoyer, ou non, et reprendre enfin le cours de son existence. Avec l'élue de son cœur.

Les portes battantes s'ouvrirent soudain à la volée, livrant passage à Dove. Quand elle le rejoignit dans la salle d'attente, il se précipita vers elle et l'attira dans ses bras. Il l'étreignit longuement, puis demanda :

— Comment va Alistair ?

— Fatigué et un peu secoué. Ce n'était pas une attaque, plutôt une septicémie, mais il a été traité à temps.

Elle ébaucha un sourire en ajoutant :

— Il adore voir les infirmières s'activer autour de lui.

— Dieu soit loué.

— Tu l'aimes beaucoup, toi aussi, n'est-ce pas ?

— Bien sûr. C'est un homme doté de grandes qualités. Que va-t-il se passer maintenant ?

— Il devra rester à l'hôpital une quinzaine de jours.

Comme Dove détournait le regard, Gabriel prit son visage en coupe.

— Tu as l'air contrariée. Qu'y a-t-il ?

Il y eut un silence, puis Dove répondit :

— Ma mère m'a appris quelque chose au sujet d'Alistair.

Elle planta son regard dans le sien et il comprit aussitôt de quoi il s'agissait.

— C'est ton père.

D'un geste tendre, il passa un bras autour de sa taille.

— Comment le sais-tu ?

— Je l'ai deviné. Alistair et toi avez les mêmes yeux.

Dove hocha la tête.

— Ma mère et lui s'aiment. Ils se sont toujours aimés… et une nuit…

Comment elle peinait à finir sa phrase, Gabriel intervint :

— Leur amour dure encore aujourd'hui ?

— Tous deux regrettent d'avoir attendu aussi longtemps pour être ensemble.

Comme le silence se faisait à nouveau, Gabriel demanda :

— Et toi, que ressens-tu ?

— Je suis un peu perdue, mais j'ai l'impression que tout rentre dans l'ordre. Que nous pouvons former une famille.

Gabriel perçut l'espoir contenu dans les paroles de Dove et le souvenir de la photo de famille qu'il lui avait montrée autrefois lui revint en mémoire.

— Et il y a autre chose, ajouta-t-elle. Une chose que je dois te dire. J'en ai besoin… Une chose que j'ai comprise quand ma mère m'a parlé de son amour pour Alistair, des obstacles qu'ils ont rencontrés sur leur chemin, du courage qu'il fallait déployer pour vivre enfin selon ses désirs.

Elle le fixa avec intensité, puis déclara :

— Je t'aime. Je t'ai toujours aimé. Et je crois que tu m'aimes aussi.

Désarçonné par cet aveu, Gabriel retint sa respiration. Dove l'aimait. Il contempla ses grands yeux pleins d'espoir et sentit son cœur se serrer. Il n'avait rien à lui offrir. Rien de bon, contrairement à Alistair, qui souhaitait probablement rattraper le temps perdu. De son côté, Gabriel risquait de la décevoir, parce que la rancune tenace qui l'habitait ne le quitterait jamais. Il fallait à tout prix qu'il la préserve du destin funeste qui serait le sien si leur liaison se prolongeait. Il ne voulait pas prendre le risque de la blesser, une fois de plus.

Comme Dove l'interrogeait du regard, il comprit qu'il devait intervenir.

— Je suis désolé, mais je ne ressens pas la même chose que toi, mentit-il. Je ne t'aime pas. Je pensais m'être montré suffisamment clair sur l'île. Nous avions besoin d'aller au bout de notre histoire pour pouvoir avancer.

La douleur inscrite dans le regard de Dove le mettait à la torture, mais il fallait qu'il tienne bon.

— Pourtant, nous nous rendions à New York...

— Pour nous amuser... Écoute, je suis désolé si tu as mal interprété mes intentions...

— À quoi a servi tout cela ? coupa Dove en levant le menton. Toi et moi sur le yacht, sur l'île ? Notre départ pour New York ? Notre retour ensemble à Londres ?

Elle le fixait avec intensité, en attente de réponses précises, et il savait à quel point elle faisait preuve de courage à cet instant. Se forçant à affronter son regard, il fronça les sourcils, puis répondit :

— Nous étions en plein vol. Je n'avais pas d'autre choix que de t'accompagner à Londres. Pour le reste... il s'agissait de sexe uniquement. Nous partageons une très belle entente sur ce plan-là. Je te désire encore et serais ravi de te voir de temps à autre, quand je suis en ville, mais je n'ai rien d'autre à t'offrir.

Le mensonge qu'il venait de proférer l'horrifiait, mais il devait s'en tenir à la ligne de conduite qu'il avait choisie. Pour la préserver, pour ne pas lui infliger plus de souffrances.

— Je suis désolé, répéta-t-il. Je sais que tu ne veux pas l'entendre, mais tout ce qui compte à mes yeux, c'est d'aller au bout de cette maudite acquisition à laquelle tu as participé. Nous avions besoin, toi et moi, de nous retrouver pour clore le chapitre de notre liaison, pour que celle-ci appartienne au passé.

Dove demeura un long moment silencieuse. Alors qu'il s'attendait à un éclat de sa part, elle prit une profonde inspiration avant de déclarer d'un ton glacial :

— Je croyais que tu étais un homme bon, mais je me suis trompée.

— Tu t'en remettras.

Ils s'affrontèrent du regard, puis Dove tourna les talons et disparut à nouveau derrière les portes battantes.

Gabriel demeura un long moment immobile, le regard fixe. Quoi qu'en pense Dove, il avait pris la bonne décision. Leur rupture était inéluctable. Il avait agi pour son bien, pour ne pas lui infliger de nouvelles souffrances. Fort de cette conviction, il tourna les talons à son tour et quitta l'hôpital.

10

Assis dans la salle de réunion du groupe Silva, à New York, Gabriel se laissa aller contre le dossier de son siège et promena le regard sur les cimes des hauts gratte-ciel qui se dressaient derrière les fenêtres. Il était 11 heures, et la réunion venait d'être interrompue pour la pause-café – café qui, comme chaque jour, serait servi avec une barre de céréales provenant d'une pâtisserie voisine.

Mais à l'inverse de tous les gens rassemblés là il n'avait pas plus envie de café que de cette gourmandise. Et pour lui il n'était pas 11 heures du matin. Il était resté à l'heure de Londres.

Saisissant son téléphone, il le fit tourner entre ses doigts et réprima un soupir.

Il fonctionnait ainsi depuis son retour aux États-Unis, qui remontait maintenant à un mois. Au début, il avait cru que ce n'était qu'un effet du décalage horaire. Et puis cela s'était prolongé, jour après jour, semaine après semaine. Une quatrième semaine venait de s'écouler, et son organisme continuait d'agir comme s'il avait cinq heures d'avance sur les gens qui l'entouraient.

Ce, parce que, bien qu'il se trouve à New York, sa tête et son cœur n'avaient pas quitté ce couloir d'hôpital de Londres. Il voyait partout le beau visage féminin, pâle, dévasté, anéanti. Anéanti, il l'était lui aussi. Il aurait tant aimé tourner la page sur cet épisode de sa vie, mais cela signifierait effacer de son esprit l'image de la jeune femme, ce qui lui paraissait tout bonnement impossible. Il ne s'imaginait pas vivre un seul instant sans penser à Dove.

Cette vie sans elle lui était insupportable. Ce n'était pas une vie !

Comment était-il possible qu'il se trouve dans une situation pareille ? Chaque heure qui passait accentuait sa douleur au lieu de l'apaiser. Que de fois il avait appuyé sur les touches de son smartphone, prêt à tenter de la joindre ? Que de fois il...

— Gabriel ?

Il se tourna vers Bill Brady, son directeur financier. Assis en face de lui, ce dernier l'observait, un sourcil légèrement levé. De toute évidence, il attendait qu'il daigne se concentrer de nouveau sur la réunion.

— Oh... désolé. Où en sommes-nous ?

— À l'acquisition.

De quelle acquisition parlait donc Bill ? se demanda-t-il, s'efforçant de replonger dans la réalité. Tout lui revint soudain en mémoire, et il fut stupéfait de s'être posé une telle question. Comment diable avait-il pu oublier une affaire pareille ? Une affaire qui depuis si longtemps l'avait hanté.

Après s'être éclairci la voix, son directeur financier précisa :

— L'acquisition de Fairlight Holdings.

Il accompagna ces mots d'un sourire apaisant, rassurant. Le genre de sourire qu'on adresse à quelqu'un qui se sent perdu. Et c'était bel et bien ce qui lui arrivait, se dit alors Gabriel.

Depuis tant d'années... il errait entre un passé qui lui était inconnu et un présent qui aurait dû lui suffire, mais qui lui avait toujours semblé incomplet. Toute sa vie il avait eu l'impression qu'il lui manquait quelque chose.

Sauf quand il était avec Dove.

Avec elle il se sentait comblé, heureux. Il n'avait pas envie de plonger dans le passé, mais de profiter du présent.

— Il y a toujours quelques réticences concernant le changement de nom, reprit Bill d'un ton prudent. Mais ils paraissent plus disposés à baisser les bras, donc nous resterons fermes sur nos positions. À moins bien sûr que vous n'ayez changé d'avis...

Les dix personnes réunies autour de la table s'étaient toutes tournées dans sa direction. Il sentait sur lui le poids de leurs regards. Une fois de plus, il pensa à Dove et crut entendre sa voix lui disant que la situation était différente, qu'il était lui aussi différent.

Sans lâcher son téléphone, il posa les coudes sur le bureau et déclara :

— Non, rien n'a changé.

Il faisait chaud ce jour-là à Londres. Trop chaud, songea Dove, pour déplacer des cartons. Mais heureusement elle allait bientôt recevoir de l'aide. Après s'être montrée très insistante, sa mère avait réussi à convaincre l'entreprise de déménagement de se présenter un jour plus tôt que prévu.

À vrai dire, envelopper des verres dans du papier journal avant de les ranger dans des cartons ne la dérangeait pas outre mesure. Au contraire même, il y avait là quelque chose de réconfortant. Cela lui laissait le temps de réfléchir. Réfléchir, non pas ruminer ! Ruminer ne serait pas une bonne idée. Pas plus que ne l'était d'ailleurs celle d'enfouir au fin fond de sa mémoire les événements marquants de sa vie, de les enterrer, prétendre qu'ils ne s'étaient jamais produits.

Changer sa façon d'agir n'avait rien d'évident. C'était ce qu'elle avait fait toute sa vie, mais qu'elle n'était pas prête à refaire. Pas cette fois.

Cette fois elle allait essayer de se comporter différemment. Elle allait s'efforcer de penser à son père, à Gabriel.

Elle avait pardonné à son père. Elle avait fini par admettre qu'elle ne connaîtrait jamais la raison pour laquelle il avait agi de la sorte envers Gabriel. Elle croyait cependant sa mère quand celle-ci affirmait qu'Oscar l'avait aimée. Tout comme elle avait cru Gabriel quand il avait déclaré ne pas l'aimer. En tout cas pas de la façon dont elle aurait souhaité qu'il l'aime.

Dove sentit son cœur se serrer tandis que lui revenaient en mémoire les propos qu'ils avaient échangés dans le couloir d'hôpital.

« Nous avions besoin d'aller au bout de notre histoire pour pouvoir avancer. »

Il aurait difficilement pu s'exprimer plus clairement. Et pourtant, alors qu'elle rejoignait sa mère, elle s'était prise à espérer qu'il la suivrait. Qu'il la retiendrait par le bras, viendrait se placer en face d'elle et lui expliquerait qu'il mentait. Qu'il était juste effrayé... et qu'il l'aimait.

Il s'en était toutefois bien gardé. Il l'avait quittée, comme six ans auparavant. Mais cette fois de son propre gré, sans l'interférence de qui que ce soit. De toute évidence, il considérait qu'elle ne valait pas la peine qu'il reste. Elle s'était ridiculisée pour rien, ce qu'elle ne regrettait pourtant pas. Elle jugeait avoir agi comme il le fallait, même si elle n'avait pas choisi la bonne personne.

Voilà qui représentait un progrès, songea-t-elle, la gorge nouée. D'autant que cette fois elle ne s'était pas retrouvée seule.

Au lieu de chercher à tout prix à cacher son chagrin, à faire semblant d'aller bien, elle était aussitôt retournée dans cette salle d'attente et avait fondu en larmes. Elle avait pleuré pendant longtemps, et avait passé plus de temps encore à tout expliquer à sa mère, qui s'était comportée de façon extraordinaire. Après l'avoir écoutée attentivement, celle-ci l'avait consolée, puis avait appelé le groupe Silva à Londres pour prévenir que sa fille allait prendre un congé pour raisons personnelles.

À présent, elle était donc en train d'organiser le déménagement de sa mère. Au début, elle avait redouté de s'ennuyer, mais cette crainte avait vite disparu, celle-ci lui remettant tous les matins une liste de tâches à effectuer soigneusement écrite de sa main. La plupart de celles-ci ne nécessitaient rien de plus qu'un téléphone et une dose de volonté pour être exécutées, ainsi qu'une quantité surprenante de temps et d'efforts. Les jours avaient défilé, se transformant vite en semaines.

S'habituer à l'absence de Gabriel n'avait rien d'évident, mais elle savait que finirait par arriver un matin où elle se réveillerait et s'apercevrait qu'elle n'avait pas rêvé de lui. Comme il le lui avait dit lui-même, elle s'en remettrait. Elle passerait à autre chose.

Désormais débarrassée de son rôle dans cette fameuse acquisition, elle se consacrait à ce déménagement et surtout à sa famille sous sa nouvelle version. Alistair allait rentrer cet après-midi-là, ce dont elle se réjouissait.

Il s'était maintenant rétabli. Bien qu'encore fatigué, il ne cessait de sourire, et c'était une joie de les voir rire, sa mère et lui, tout en se taquinant à propos de leur prochain mariage. Cet amour qui baignait dans la légèreté la confortait dans ses nouvelles convictions concernant les relations. À présent, le mariage ne lui apparaissait plus comme un piège ou une cage. Elle y voyait au contraire une sorte de partenariat, avec des limites, certes, mais aussi la possibilité de se développer, de donner le meilleur de soi-même.

Elle coupa le ruban adhésif et l'étira en toute hâte sur la boîte bien remplie, qui semblait sur le point d'exploser. Dans la mesure où ils étaient à présent officiellement ensemble, Olivia et Alistair n'avaient aucun besoin de vivre chacun chez soi.

Elle balaya la cuisine du regard, s'attardant sur les nombreux ustensiles et l'abondance de pots d'épices. Rassembler en un seul lieu le contenu des deux maisons ne s'avérerait pas facile, mais ils trouveraient sans aucun doute une solution, et cette pensée lui procurait une sensation de plaisir.

La sonnerie de la porte d'entrée retentit alors, et elle se sentit soulagée. L'arrivée des déménageurs allait lui alléger la tâche et accélérer le rythme. Elle regarda de nouveau autour d'elle. Où diable avait-elle posé la liste que lui avait remise sa mère ce matin-là ?

Se penchant par la fenêtre ouverte du sous-sol, elle s'adressa à l'homme dont elle ne voyait de là qu'une paire de baskets.

— C'est ouvert ! lança-t-elle. Entrez, je suis en bas.

Elle entendit la porte s'ouvrir et se refermer, puis des pas résonner dans l'escalier.

— Merci d'avoir bien voulu avancer la date prévue, enchaîna-t-elle. Si ça vous va, nous allons commencer par la chambre.

— Très bien, commençons par la chambre.

Elle eut soudain l'impression que le sol se dérobait sous ses pieds. Gabriel était là, en face d'elle !

Le souffle court, elle se dirigea vers le bout de la table afin de mettre le plus de distance possible entre eux. Les souvenirs affluaient, lui rappelant un autre face-à-face de part et d'autre d'une table. Six semaines à peine s'étaient écoulées depuis, et elle avait pourtant l'impression que cela s'était produit dans une autre vie.

— Que fais-tu ici ? demanda-t-elle avec difficulté.

Cette question fut suivie d'un silence, puis il reprit la parole tout naturellement, comme s'il avait coutume de fréquenter la cuisine de sa mère.

— Il faut que je te parle. De l'acquisition.

Elle le fixa, stupéfaite, et sentit monter en elle une bouffée de colère. Aurait-il perdu la raison ? Que s'imaginait-il ? Qu'il pouvait se présenter ainsi chez sa mère et aborder ce genre de sujet, comme si de rien n'était ?

Après tout ce qui s'était passé entre eux ?

— Pour commencer, je ne travaille pas, asséna-t-elle d'un ton sec. Je suis en arrêt pour motifs personnels. Ensuite, je ne tiens absolument pas à parler avec toi, quel que soit le sujet. Je te suggère donc de remonter tout de suite l'escalier que tu viens de descendre. Ah, et n'oublie pas de refermer la porte derrière toi.

Comme elle le craignait, il ne bougea pas d'un pouce. Elle tendit donc la main vers son portable et ajouta :

— Tu as dix secondes pour quitter cette maison. Une fois ce temps écoulé, j'appellerai la police.

Gabriel gardait les yeux rivés sur la femme qu'il aimait. Son cœur cognait dans sa poitrine. Comme il approchait de la maison, il avait senti l'espoir monter en lui, le gagner tout entier. Et, cet espoir, Dove était en train de le briser.

Elle était furieuse, cela se lisait sur ses traits, dans ses yeux, qui avaient viré au gris foncé. Entre autres choses, elle n'appréciait certainement pas qu'il se soit ainsi présenté chez sa mère, sans crier gare. Il n'envisageait cependant pas de quitter les lieux aussi vite qu'elle le lui demandait.

— Je vais partir, Dove. Mais tu dois d'abord écouter ce que j'ai à te dire.

Elle le dévisageait, comme si elle avait affaire à un fou. Et il l'était peut-être. C'était en tout cas ce que semblait penser son équipe, songea-t-il, tandis qu'affluaient en lui les images de leur dernière réunion, qui remontait à deux jours. Il se rappelait l'air surpris de Bill Brady quand celui-ci avait abordé le sujet de l'acquisition de Fairlight, et avait eu droit à un regard perplexe de sa part. Alors que ce projet lui tenait à cœur depuis si longtemps… Il avait voulu racheter l'entreprise familiale de Fenella afin de la rayer de la carte, comme elle avait elle-même fait disparaître de sa propre vie celui qu'elle avait mis au monde. Et puis il était revenu sur sa décision, déterminé à abandonner ce funeste projet.

Au grand étonnement des femmes et des hommes assis autour de la table de réunion, il s'était soudain levé et avait quitté la salle d'un pas vif, sans la moindre explication.

— Si je refuse, que vas-tu faire ? rétorqua-t-elle, le regard toujours glacial. Me menacer ? Menacer ma famille ?

— Non, mais je ne partirai pas tant que tu ne m'auras pas écouté. Et tu me connais assez pour savoir que je ne lâcherai pas prise.

Dove serra les mâchoires. Elle pouvait certes appeler la police, comme elle venait de le dire, mais préférait éviter d'en arriver là. Autant épargner Alistair, en lui évitant une arrivée à la maison avec des lumières bleues clignotantes devant la porte de celle-ci.

— D'accord. Je te donne cinq minutes pour me dire tout ce que tu as à me dire.

Redressant le menton, elle ajouta :

— À quoi bon, d'ailleurs ? Je ne vais plus travailler sur ce projet d'acquisition.

— Ça tombe bien puisqu'il n'existe plus, lui répondit-il à voix basse.

Les yeux écarquillés, elle retint son souffle. Que se passait-il ? Elle savait tout ce que représentait pour Gabriel ce rachat, et combien il s'y était impliqué. Que signifiait ce changement ?

— Pour quelle raison ? lui demanda-t-elle, intriguée. Est-ce à cause du changement de nom ? Ils ont décidé de faire machine arrière ?

Il attendit quelques instants avant de répondre :

— Non, cette décision, c'est moi qui l'ai prise. Je suis allé voir Fenella, comme tu me l'avais conseillé.

Dove cligna des paupières, interloquée. Il avait vraiment accompli cette démarche ? Pour quelle raison ? Et, plus important encore, qu'avait-il dit à sa mère biologique ?

— Ah... Et comment cela s'est-il passé ? lui demanda-t-elle, s'efforçant de s'exprimer de façon pondérée.

Elle vit les traits de son visage se crisper et fut soudain tentée de se rapprocher de lui, de lui prendre la main. Mais elle ne bougea pas. Ce n'était pas à elle d'aller vers lui, même s'il lui en coûtait de le voir ainsi.

— Elle a d'abord paru bouleversée. Puis en colère. Et de nouveau bouleversée.

Il hésita, puis haussa les épaules en soupirant.

— Ça n'a rien changé entre nous.

— Je suis désolée, dit-elle, sincère.

Il lui avait certes fait du mal, mais elle ne tenait pas pour autant à ce qu'il souffre.

— Tu n'as pas à l'être, Dove. Ce n'était ni facile ni agréable, mais je suis content d'avoir accompli cette démarche. Ce que je ressens pour elle à présent est différent. J'ai comblé quelques lacunes essentielles.

Le silence s'installa de nouveau dans la pièce, puis il déclara d'un ton calme :

— J'ai compris que mes gènes provenaient de ma mère biologique et de mon père, mais que ce sont mes parents adoptifs et ma famille qui m'ont donné ma véritable identité. Et sans toi, Dove, je n'aurais jamais été capable d'en arriver là.

Il posa sur elle ses grands yeux bleus, dans lesquels ne transparaissait plus la moindre trace de ressentiment.

— Je tenais donc à te remercier de m'avoir mis sur cette voie, poursuivit-il en esquissant un sourire.

Elle avala sa salive.

— Tu… es venu spécialement de New York pour me remercier ?

Après avoir articulé ces mots, elle le dévisagea, perplexe. La colère qui avait jailli en elle dès qu'elle avait reconnu sa voix s'estompa, laissant place à un sentiment plus complexe, plus dangereux. Pour quelle raison avait-il agi ainsi ?

Elle se répétait depuis des semaines que Gabriel Silva était un monstre qui n'avait aucun cœur, aucune notion de ce qu'était la conscience. Et voilà qu'il réapparaissait soudain dans la cuisine de sa mère, la mine sérieuse, l'air contrit. Voilà qu'il lui présentait des excuses, suscitant en elle d'étranges réactions.

— J'ai des affaires à régler à Londres, lui répondit-il avec un léger haussement d'épaules. Quelques nouvelles acquisitions.

Évidemment. Et elle qui s'était laissée aller à imaginer qu'il n'avait fait ce voyage que pour… Quelle idiote !

— Eh bien, je t'en prie, lança-t-elle d'une voix tendue. Je ne veux pas me mettre en travers de ta route.

Il fit un pas dans sa direction.

— C'est bien là le problème, Dove… Que tu le veuilles ou non, tu as pris une place dans ma vie, et pas des moindres. Je n'ai plus sommeil, plus faim. Mon équipe pense que j'ai perdu la tête. Ce que j'essaye de t'expliquer, c'est que je suis conscient d'avoir commis une erreur.

Le trouble qu'elle percevait dans sa voix, son regard, dans tout son être, la déstabilisa au point de l'inciter à se rapprocher de la table pour s'agripper des deux mains à son rebord.

— Des erreurs, nous en avons commis tous les deux, murmura-t-elle.

— Je n'aurais jamais dû te quitter, à l'hôpital.

Il se bornait à exprimer le sentiment de culpabilité qui le rongeait, rien de plus, se dit-elle. C'était là un revirement positif, car cela signifiait qu'il accordait de l'importance à certains points et elle ne pouvait que s'en réjouir pour lui. Dommage qu'elle le découvre maintenant, alors qu'elle s'efforçait de le chasser de son esprit, de ne lui prêter aucune importance – ce qui s'avérait pour le moins difficile.

Se mordillant les lèvres, elle secoua la tête.

— Tu ne peux pas agir ainsi, Gabriel. Tu ne peux pas réapparaître tout à coup et tenir ce genre de propos...

Il se rapprocha un peu plus d'elle. Le bleu de ses yeux lui rappelait celui de la mer, du ciel. Elle avait l'impression de se perdre dans leur immensité.

— Si, je le peux. C'est l'amour qui est à l'origine de ma décision, et en amour comme à la guerre tous les coups sont permis. Or je pense que nous avons assez fait la guerre, toi et moi, non ? Il est temps de passer à autre chose.

Dove serra plus fort encore le bord de la table entre ses doigts. Il lui semblait entendre les battements de son cœur résonner dans la pièce.

— Mais... tu ne m'aimes pas !

— Si, Dove, je t'aime. Je t'aime et je ne peux pas vivre sans toi ! Je suis conscient d'avoir tout gâché. Il est probablement trop tard, mais je devais te le dire. Voilà pourquoi je suis venu à Londres.

Franchissant la faible distance qui les séparait, il prit ses mains dans les siennes.

— Pour te dire que tu avais raison. C'est grâce à toi que j'ai changé. Je pensais qu'en punissant ma mère, en lui retirant quelque chose qui lui avait appartenu jusque-là, je me sentirais en quelque sorte ressuscité. Mais c'est toi et toi seule qui m'as permis de me reconstruire.

Il accentua la pression de ses mains sur celles de la jeune femme.

— Tu te souviens de la fois où je t'ai dit que j'étais en colère ? Je l'étais en effet. Fou de rage, à longueur de temps. Mais je ne le suis plus aujourd'hui, parce que tu m'as fait poser un tout autre regard sur la vie, sur les gens. Un regard à travers lequel je vois un monde mille fois meilleur que celui dans lequel je m'étais enfermé jusque-là.

L'expression du beau visage masculin était à la fois lumineuse et douce, et elle se sentit envahie par une puissante vague d'espoir. Il ouvrit alors les bras, l'attira contre lui, et la garda quelques instants serrée contre sa poitrine, sans mot dire, avant de lui murmurer à l'oreille :

— Je suis désolé, Dove. Je regrette tellement tout ce que j'ai fait, ce que j'ai dit...

— Je te crois, chuchota-t-elle juste avant qu'il se penche vers elle pour l'embrasser.

D'abord chargé de tendresse, ce baiser ne fut pas long à refléter tout l'amour passionné qu'ils avaient l'un pour l'autre. Jusqu'à ce qu'elle s'écarte légèrement de lui et lui demande, intriguée :

— Comment as-tu su que j'étais ici ?

— Par ta mère, lui répondit-il avec une petite grimace. Elle avait l'air assez réservée, au téléphone, mais quand nous nous sommes vus j'ai trouvé qu'elle ne manquait pas de caractère.

— Tu... as rencontré ma mère ? lança-t-elle, les yeux écarquillés.

Il acquiesça.

— Quand ?

— Hier.

Il lui souleva le menton et plongea les yeux dans les siens.

— Avant de te revoir, je voulais lui parler de toi, de nous. Pour éviter tout secret, tout risque de malentendu.

Ces mots furent suivis d'une brève hésitation.

— Et j'ai ensuite parlé à Alistair.

Dove cligna des paupières. Elle avait l'impression qu'une foule d'émotions se bousculaient en elle.

— Tu es allé le voir à l'hôpital ?

Il hocha la tête avec lenteur.

— Il fallait que je discute avec lui des acquisitions. À vrai dire, l'une d'entre elles est plutôt une fusion.

Sans la quitter du regard, il laissa ses mains descendre le long du corps de Dove, et accentua la pression de ses doigts quand celles-ci atteignirent les hanches de la jeune femme.

— Une fusion très particulière, précisa-t-il, plus bas. La seule qui compte pour moi.

Il plongea la main droite dans la poche de son pantalon, et en sortit une petite boîte marron. Ses yeux luisaient à présent, mais on n'y décelait plus la moindre trace de colère.

— Épouse-moi, Dove. Tu es pour moi ce qui compte le plus au monde. Tu es toute ma vie. Laisse-moi t'aimer jour après jour, te rendre aussi heureuse que tu le mérites.

Dove sentit son regard se brouiller de larmes. La gorge nouée par l'émotion, elle hocha la tête. L'instant suivant, il lui glissait à l'annulaire un rubis serti de diamants monté sur or. Sans un mot, leurs lèvres se rapprochèrent et se joignirent en un long baiser qui scellait la promesse qu'ils venaient tout juste de se faire.

Lorsqu'ils s'écartèrent enfin l'un de l'autre, leurs mains restèrent serrées tandis qu'ils se dévisageaient, émerveillés de s'être retrouvés et d'être maintenant prêts à construire un avenir ensemble.

Ce fut Dove qui rompit le silence.

— Tu m'as bien dit qu'il y avait une acquisition en cours ? De quoi s'agit-il ?

Comme elle lui posait cette dernière question, elle vit les traits de son visage se tendre légèrement.

— De Cavendish et Cox.

Elle ne souffla mot et Gabriel attendit, immobile.

— Alistair est d'accord ? insista-t-elle.

Il acquiesça d'un signe de tête, avant de l'attirer de nouveau contre lui.

— Ta mère m'a raconté ce qu'avait fait Oscar.

Cette fois encore il hésita.

— Je sais bien qu'une septicémie peut arriver à n'importe qui, poursuivit-il au bout de quelques secondes. Mais Alistair ne sait pas ralentir le rythme. Cette acquisition lui permettra de se calmer, de consacrer plus de temps à sa nouvelle famille.

Levant la tête vers lui, elle lui passa en souriant les bras autour du cou.

— Tu es un homme d'affaires au grand cœur !

Il lui sourit à son tour.

— Pour être tout à fait honnête, j'envisage depuis des années de racheter un cabinet d'avocats. Et dans la mesure où c'est le domaine dans lequel travaille ma fiancée…

— Cavendish et Cox va donc t'appartenir ? insista-t-elle, sans se départir de son sourire.

— Je vais en effet investir dans cette société, mais je serai un partenaire plutôt… endormi, dirons-nous !

— Je ne suis pas certaine que ce soit là un rôle qui te convienne, ironisa-t-elle. Si mes souvenirs sont bons, tu n'as rien d'un gros dormeur.

Ses yeux d'azur reflétaient une douceur dont elle avait du mal à se détourner. Et elle se rappela soudain qu'elle n'avait pas à le faire, pas plus maintenant que plus tard, puisqu'ils allaient très bientôt être unis pour la vie.

— À ce propos, reprit-elle en se serrant un peu plus fort contre lui. N'était-il pas question, quand tu es arrivé, de « commencer par une chambre » ?

Ils rirent à l'unisson, puis, comme aimantées, leurs lèvres se joignirent de nouveau en un long baiser.

RESTEZ CONNECTÉ AVEC HARLEQUIN

Harlequin vous offre un large choix de littérature sentimentale !

Sélectionnez votre style parmi toutes les idées de lecture proposées !

www.harlequin.fr

- **Découvrez** toutes nos actualités, exclusivités, promotions, parutions à venir...
- **Partagez** vos avis sur vos dernières lectures...
- **Lisez** gratuitement en ligne
- **Retrouvez** vos abonnements, vos romans dédicacés, vos livres et vos ebooks en précommande...

L'application Harlequin

- Des **ebooks gratuits** inclus dans l'application
- **+ de 50 nouveautés tous les mois !**
- Des **petits prix** toute l'année
- Une **facilité de lecture** en un clic hors connexion
- Et plein d'autres avantages...

Téléchargez notre application gratuitement

Télécharger dans l'App Store

DISPONIBLE SUR Google Play

SUIVEZ-NOUS !

facebook.com/HarlequinFrance
twitter.com/harlequinfrance